U0460285

钱万成

——著

万成作品选

马观花

散文卷 II

时代文艺出版社

目 录

长 白 沥 墨

A

长白山是一座神奇的山。它就像一座印象派大师刀下的立体雕塑，让你永远也读不懂，永远也读不完。画家看到的是风景，诗人悟出的是哲理，坚韧者读到刚毅，懦弱者增添勇气。只要你来到这里，就会感到置身于太虚幻境，叹天地造化之奇伟，感宇宙灵性之精微。人与自然融为一体，血脉成溪，魂魄飘游，若云若雾，弥漫成一种永恒。

B

人有殊才，其志乃大，山无险路，何言景奇？登长白，路在勇者脚下，险绝处处奇景佳。山下鲜花山上雪，四季集于一山，没有勇气和毅力谁也无法领略她，攀险径，过丛林，看不到天空时，倍觉阳光可贵，登上绝顶，始知山比人低。在虎跳石上站上一站，你也会顿生虎虎生气，在卧虎峰前留个镜头，会有一种力量一生都鼓舞着你。不登长白，不知山本来和水一样孕满灵气，不辟蹊径，不知真正的风景并不在别人的画册里。读一处佳景亦如读一部奇书，只有用心领会，才能悟出它的真意。走万里路读万卷书，登一座山便是一次精读。

C

长白山有树数十种，唯美人松最为珍奇。美人者鸟中凤凰，花中牡丹，树若此，怎能不让人痴迷？树身高直，冠盖娉婷，玉立半云，落落大方。何得美名？传说不一，有言其宗为一骠悍男子者，善骑射，精琴棋，一日与仙人对弈，输掉一只手臂，弃于山崖，生根如是，挺立至今。传云，凡风雨之夜，树下可闻琴棋之音；亦有言其宗为一刚烈少女者，因爱而归山林，站在山崖上数年而变，成为树中之神，不畏严寒，不惧风雨，不移其志，情有独钟。传说虽不可信，但人心向善，物稀为奇，读之可鉴。

D

长白有瀑，飞流数百尺，其貌如纱飘飘展展，其声如雷轰轰隆隆。远瞻如飞龙凌空，近观似一柱竖立。立其下便会感叹人生如那飞流逝水，突来陡落，一荡三叠，碰壁而回，绕石而过，其下不知路之所向，不知道之多远，一路流将下去，不知何日而终。至此，便顿生几分悲凉，幸好瀑下不远便有潭清清澈澈，看水流来，看水流去，又引出几多遐想。想人生如此亦算轰轰烈烈，如无此陡落，困于某处变成死水岂不更悲哀？一生劲动，尽管曲曲折折坎坎坷坷，能为人送些许清爽，能保持一生清白，苍桑人世亦不算白来。

E

读天池有如禅语，读不懂天池等于白来一趟长白。天池之水清冽甘甜，但却不肯与鱼虾为伴，晨洗彤阳，夜浴星月，非圣洁之物不可沾它半点灵光。白云悠悠只可充为过客，黄鹤光顾亦不敢忘乡。它只属于传说中的东方圣祖，只属于那条虚无缥缈的龙。近有传云，池中有怪，牛头狗脸其说不一。但据我推想，传说只不过是一种臆造。俗人不识禅机，却妄想用俗人的眼睛洞穿它的神秘，于是就用那种俗不可耐的伎俩制造出所谓的"迷"。天池就是天池，天池没有生命才是天池之奇。其实，有无之间并没有绝对的界限，就像踏山未见山，涉水不见水，山在水中立，水在山上流，置身于物外，物乃在心中一样，如是而已。没有生命它却孕育无限生命，它下发为江，浩浩千里，两岸生灵吮水而生，千秋万代，谁敢说不是她的儿女？

西 行 散 记

1

访问西北是我已久的渴望。大漠黄沙、戈壁古堡一直对我有着深深的诱惑。参加这次考察，并将原来的路线由东北改到西北，我内心里有一种说不出的激动。

飞机10点30分准时飞离了地面，飞离长春。树丛、房屋、村落、山川在渐渐变小，最后是模糊不清。大概是八千米的高度，飞机钻进了厚厚的云层，这时我才理解什么叫坠入五里雾中。几分钟后，飞机上升到万米高度，云雾已飘在机下，如一片银色的大海，亦如一片崭新的雪地，十分壮观。再看那天空更是蔚蓝，没有一丝染色，让人的心里十分宁静。

我坐在窗前看这神奇的景色，倏忽间生出无限的诗情。

我想把它记录下来，可身上没有带笔，于是只好默默吟诵，铭记于心。这是写给孩子们的诗，因为我看到的本来就是童话或是童话的意境。就在我构思的过程中，似乎有了某种感悟。其一，世间的一切坎坷都只属于弱者，高山令人望而生畏，可征服它的自有坚硬的脚板；深水能将道路阻隔，征服它的自有渡船。关键看你有没有勇气，有没有毅力。同时，更要看你是不是真正的强者。你只能走在路上，道路当然艰难。如果人类也有一双坚硬的翅膀，何惧它万水千山？其二，人生的境界在于思想的高度。就像这架飞机，在五千米处当可看清一切，在八千米处却云缠雾绕，一片模糊。到一万米处又冲出重围，飞得更高，看得更远，那是另外一重天。记不得哪位先哲说过这样的话，人生有三种境界，第一种，糊里糊涂，没有任何痛苦；第二种，看破红尘，十分痛苦；第三种，看破红尘却装作糊涂，十分幸福。

2

在北京机场转机。午餐，十菜一汤，吃汤面和炒面，贵极。想写诗没好意思。餐后以废登机牌记下在杂志上看到的几句话：有出格见地，方有千古品格；有千古品格，方有超凡学问；有超凡学问，方有盖世文章。作者是钱绍武，是题在海南三亚南山一块石头上的石刻，颇有见地。我在天涯海角曾看过绍武先生的书法，别具风格。其学问、书法均非等闲之辈。

3

按照主人的安排，要我们九点钟起床，九点半吃饭。可是睡到五六点钟就再无法入睡。这是东北天刚亮的时候，这里却依然漆黑。

早餐后我们乘一辆中巴向天山进发去看天池。天山在乌鲁木齐西北昌吉州阜康境内，距首府一百二十公里。车出市区便有一簇簇极低极低近于平坦的土黄色沙丘涌入眼帘，没有草也没有树，只长着一些非草非树的植物，且十分稀少，这些沙丘像长了秃疮一样难看。主人说这不是沙丘，那是漠化了的土，如果是夏季，得到雨水的滋润，也能长出一些小草，牧民们就在这里放牧。就在说话间远处便有了羊群，不是很大，但却很多，大概是一家一户百八十只，散落在两丘之间稍低的地方，其中还夹杂着牛、毛驴和马。看着这些牲畜和那些牧民，我忽然想到了"适者生存"这四个字，它们在不适合生存的环境里生存下来，生命力是何等的顽强？它们没有抱怨，只是在一直低着头啃地上的草，不，是啃地上的土，它们的主人也没有抱怨，这让我在心中顿生敬意。这些年来我走过许多地方，东南沿海、锦绣江南、大巴山区、中原沃土，更包括流油的东北，任何一个地方都比这里富有，任何一个地方都比这里适合于生命。在不适合生存的地方看到如此顽强的生命，怎能不让人感动呢？

车过阜康，下了高速公路，路边渐渐地有了树木，是那种高高耸起，有如利剑，有枝无冠的白杨。据说这种树的根系十分发达，深深地扎入黄土和流沙之中，以便吸取水份，枝细无冠更有利于保水抗风。再往前行就看到了山脉，路边也多了树丛，是墩状的灌木，叫什么名字，当地的朋友也说不清楚。但这些植物并不能连片，也只是星星点点。山依然是秃山，且一律是土灰之色。但随着山势的增高，谷中又多了树木，不再是白杨，而是山榆。新疆的榆树和东北的不同，干多粗矮，枝多虬曲，叶小而稀。它们成群地蹲伏在那里，像一群饱经风霜的老者。树下有毡房，有散放的牛羊。更令人欣喜的是，在树下碎石构成的滩地上看到了流水，这是一路上我们第一次听到水声。主人说，这就是雪山融化的雪水，是这一带牧人的生命。

天池在天山之上，车在山路盘行。到海拔一千五百米处，山上已看到积雪，也更多了树木，这里没有白杨也没有山榆，而是茂密的塔松，且连成一片，在远处雪山的映衬之下，愈加葱绿，十分壮观。车到一千八百米处便看到了那池碧水，青潭绿树，雪山倒映，真乃人间仙境。这里的天池虽没有长白山天池的壮观，但却比长白天池秀丽。长白天池只能远观，这里你却可以君临水面，把它当作镜子。看来造物主还是公平的，在这荒漠之中，在这冰山之下深藏着这样一块宝地，是疆人之幸，亦是国人之幸。这不是旅游的季节，除碧水青山雪峰之外，我们只看到了哈萨克人的马队。虽有几分冷清，却也多了几分幽静。

4

中午返回阜康用餐，吃的依然是清真菜。这里是以汉人和哈萨克人为主的地区，为什么要吃清真菜我一直没弄清楚。但这一餐中我们吃到了新疆拉面，当地人叫"拉条子"，面筋而柔，清香满口，拌菜而食，十分惬意。

午后返回乌鲁木齐座谈，从他们的发言中我感到，新疆人就像大漠中和天山下看到的那些植物一样，个个都十分顽强，有着不屈的性格。

5

在路上还听陪行的郭先生说了一首《酒歌》：

装在瓶子里是水，

喝到肚子里闹鬼。

走起路来绊腿，

回到家里吵嘴，

和老婆睡觉靠背，

早晨起来后悔。

颇有意思，特此记之。

6

车出乌鲁木齐市区，沿吐新高速公路东行，便没了树也没了草，一片清灰，远山含黛，天地苍茫。主人告诉我们，这就是戈壁滩。这是一个寂寞的世界，除了车轮和马达外听不到半点响声，天空没有飞鸟，地上不见蝼蚁，天地间只有一轮苍白的太阳。在这冷清的石滩上不由地想起了柳宗元的诗句："千山鸟飞绝，万径人踪灭。"这是何等相像的意境，同时更少了诗中的闲雅，增了几分苍凉。这里就是昔日神奇大海吗？这就是生命诞生的温床吗？生命诞生的地方如今灭绝了生命，充满欢乐的地方由寂寞来主宰，这是谁的安排？

车到柴窝堡，石滩上出现一大片风车，顿时冲淡了心中的悲悯。这是一座刚刚兴建的风力电站。据说这是目前世界上最先进的风车，电站建成之后可满足整个新疆的用电。再往前石滩上便出现了一片湖水，但周围仍然没有草也没有树，我们都感到十分奇怪。主人说，那是盐湖，前面有一片高高大大的房子，那就是盐湖化工厂。我在心中思忖，石滩荒漠，有盐可以食用，有风可以发电，造物主还算公平啊。

越往前走，越发寂寞。车中的人们便讲起笑话，这是消磨时间的最好办法。在欢笑中石滩上又出现一片白杨树林，达坂城到了。可惜我们走的是高速公路，无缘一睹维族姑娘的风采。再往前走，车又钻进了山里，主人说这是后沟，出了这条九十里长的沟谷就要到吐鲁番了。

7

吐鲁番是戈壁滩上的一片绿洲。我们先是去雅尔乡参观了与万里长城并称古代文明的坎儿井，又去雅尔乃孜沟游览交河古城。这是古车师王国的都城，至汉代国灭之后成为戊己校尉的驻地，据说班超、班勇兄弟都曾到过这里。至唐，这里改作东西都护府，经西辽、至元在战火中废弃。城建江中洲上，两水环绕，悬崖陡峭，易守难攻，无需城垣，屏障天然，可见车师人之聪明。城不大，方圆不足三平方公里，北为寺院，东为官署，东北为居民，西南为作坊。屋为土垒，地上地下各为其半，屋顶开窗，形如陕甘窑洞，冬暖夏凉。特别是寺院的佛塔，三层土筑，令人叹为观止。如今城虽已毁，面目依然，街路清晰，古居可见，有的尚十分完好，堪为中外奇观。

告别古城，到吐鲁番市区用餐。吃到了具有维吾尔族特色的手抓饭和肉馕，均为美食，一餐难忘。

8

下午，到火焰山。参观柏孜克里克千佛洞。洞立崖上，背依火焰山，下临木头沟，鳞次栉比，雄伟壮观。据说这个洞开凿于6至14世纪。曾为回鹘国王族寺院。洞壁上绘有回鹘国王、王后、侍者、僧尼画像，并有回鹘文、吐文、罗文、梵文题记，是研究西域历史、文化、艺术的重要史料。可惜这些壁画已在战乱中和文革中被盗走或破坏。在现有的七十七个洞中，只有四十个洞尚有残迹，实在可惜！

火焰山，这个连小孩子都十分熟悉的名山原来竟十分矮小，虽绵延百里，却高不足千米。满身褶皱，遍体红砂，雄浑曲折，层叠不尽，亦十分独特。特别是它的颜色，在阳光的照射下红如烈焰，使天地间陡增温暖。所以，岑参写道："火山突兀赤亭口，火山五月火云厚。火云满山凝未开，飞鸟千里不敢来。"明代的诗人陈诚还写道："一片青烟一片红，炎炎气焰欲烧空，春光未半浑如夏，谁道西方有祝融。"我来瞻望虽非春天，亦非五月，可气温依然很高。在乌鲁木齐出发时还穿着毛衣、皮衣，到这里只能穿一件衬衫了。在火焰山的木头沟里，当地人建了一组唐僧师徒西天取经过火焰山的雕像，并用铁栅栏围起，实在大煞风景。

9

参观乌鲁木齐经济开发区和天山毛纺厂。

开发区建于1994年，是全国三十二个国家级开发区中建设最晚的一个，也是规模最小的一个。规划区五平方公里，开发建成3.5平方公里。它虽然很小，但却颇具特色。一是入区企业以商贸为主，在七百二十二家企业中工业企业只有四十九家；二是入区企业以民营、合资、国外独资企业为主，在七百二十二家企业中国有企业只有十家；三是商贸企业以开拓中亚市场为主，建有一个口岸，并与中亚五国都有紧密的商贸关系；四是企业以建材家具为主；五是有一个比较明确的思路，叫作东联西促，商贸先行，产业联动。在开发区参观了广汇石材厂，新疆美石之多，石质之好，实乃国内罕见。天山毛纺织厂建于1978年，现为股份制合资企业，是一个不叫集团的集团，下辖四个分厂，十几个合作厂，并在国外设有分支机构。现在正在搞股份制改革，股票已经上市，且在逐渐升值。

10

从乌鲁木齐到西宁大约两千公里，飞机飞行了两个多小时。飞机从乌鲁木齐机场起飞，一直沿天山山脉向东南飞行。在地上看天山，雪峰耸立云际，在天上看天山，云峰便到了脚下，皑皑白雪绵延千里，简直就是一个童话世界。我真庆幸自己生在现代，得以乘坐飞机观此奇景，如果在古代，不要说登上它的顶峰，就是走到它的近前又有几人？飞过天山便进了塔里木盆地，满野戈壁，满野荒山，间或大漠。但遍野都是沟谷水流的遗迹，使人确信这里史前肯定是一片大海。戈壁大漠中也能看到从雪山上流下的雪水，沿沟谷汩汩前行。有水的地方就有了绿树，有了草地，有了牛羊。这就是沙漠中的绿洲。小的地方是村寨，大的地方是城镇。在绿洲与绿洲之间，可以看到道路，这就是古代的丝绸之路，但现在行走的不是骆驼，而是跑着的汽车。

飞机飞过祁连山脉，地面上便出现了另一番景象，山逐渐地多起来，再往前便是像千层饼一样的高原台地。我原以为是梯田，可又一想谁能到这荒无人烟的地方来种地呢，而且一直种到这高高的山顶？到了西宁，我问了当地的同志，才证实那确是台地，长年干旱，寸草不生。飞机飞到青海湖上空，服务小姐做了十分详细的介绍，沿舷窗下望，湛蓝湛蓝，确是十分壮观。

飞机降落在西宁机场，西宁的同志已经等候在那里。市委副秘书长、政协秘书长、还有保密局的局长。给我印象最深的是市委副秘书长、办公厅主任，竟是漂亮女子，这在全国城市中我还是第一次见到。

下午去湟中县鲁沙尔镇的塔尔寺。寺立镇南莲花山中，乃藏传佛教格鲁派六大丛林之一，是格鲁派创始人宗喀巴大师的诞生之地。始建于明洪武十二年，先有塔后有寺，故名塔尔寺。规模宏大，占地四十余万平方米，有殿宇、经堂等各种建筑三十余座。历史上的鼎盛时期，这里僧众多达五千余人。这座寺庙与内地诸寺有所不同，即每个殿堂外面都有一排装着经文的法轮，你只要把法轮转动，就视为念经。

我们去的时候，有许多藏民在那里朝拜，站立合十，爬跪叩头，无论男女老少，个个十分虔诚。当地人说，他们不仅朝拜，还要施舍，几乎把汗水钱的一半都送到寺中。寺藏文物琳琅满目，高僧大德层出不穷。在全国颇具影响。

晚上市委副书记宴请，极其盛情。但敬酒的方式与别处不同，一敬六杯，而且是客喝主不陪。两轮过后面红耳赤，后竟不记多少。回房后兴奋异常，写诗八首，至凌晨方睡。

11

沿青藏高原西行两百公里，到了全国最大的内陆咸水湖青海湖。湖很大，一望无际，确像一片大海，难怪人们称之为西海或高原之海。湖面十分平静，湖水清澈见底。水中盛产一种鱼，就是青海黄鱼，十分鲜美。湖中有一个鸟岛，每年五月各种鸟类都飞到这里来繁育小鸟，多时遮云蔽日，蔚为壮观。可惜我们来的不是时候，那些候鸟早已携妻带子飞到南方去了。我们只在湖边沙石滩上看到几只鱼鹰，它们在悠闲散步，样子十分凶猛。湖边是草地，藏族牧民在围起的草库纶中放牧，有牛、有羊，千百成群，随处皆是。远处是雪山，日光下十分耀眼。按主人的意图原本还要向湖边深入，到鸟岛附近看看，但前方正在修建，只好原路返回。午饭用在路边的一个小馆，见到许多藏民，他们正在赶集。男者长袍，女亦长袍，面如涂漆，发乱如草。

12

饭后去日月山，在文成公主抛镜的地方合影留念。现在这个地方已修有二亭，一为日亭，一为月亭，亭中有碑，记载公主西行史实。这个地方原叫东岭，是藏族与回、汉分野之地，也是农牧分野之地，更是内流河与外流河分界的地方。岭东为回、汉，岭西为藏民；岭东为农区，岭西为牧区；岭东有水皆入黄河然后入海，岭西有水皆入青海湖，不再外流。岭上风冷天寒，不可久留。在岭上看到了藏民的经帆，我不知这是让风来读，还是让人来读。

13

与西宁市领导座谈。西宁是个很小的城市，但却有两千多年的历史。小城沿川而建，四面环山，中有一水，名曰湟水，所以史书上说，西宁地处湟水谷地，三川会聚。城中有人口二十万，以汉、回为主，杂有土、藏、蒙古等三十余个民族。这里资源丰富，但工业并不发达。国家在五六十年代曾由东北等地迁入一些企业，如机械、冶金、化工等，但发展得都不是很快。特别是改革开放以后，这里由于地理问题，高原气候，干旱少氧，交通不便，招商引资十分艰难。去年省上派来一位年轻的书记，原系青海省副省长，当过畜业厅长、财政厅长，现为省委副书记兼西宁市委书记。此人年轻有为，思想解放，到市上之后先是搞思想发动，后是进行重大改革。一是抓经济体制和机构改革，在机关是撤销原行业主管局，建立了两个资产运营公司，并规定国有资产一次性从竞争性行业中退出，且把所有资产重组到人；二是对事业性单位进行改革，把文化、体育产业全部推向市场，在保留活动场所的前提下，由开发商自主经营；三是进行财政体制改革，除四户大型国有企业外，其余所有企业的营业税全部下放城区属地征管，增长部分按比例分成，充分调动了城区发展经济的积极性。这充分体现了困难分担，又有利于上下联动，藏富于基层，造福于百姓。同时，重新确定了城市经济发展方向，即立足资源开发，加快科技进步，让科技与资源结合，走出高原江河源的特色经济。经过努力，这里已发生巨大变化。不仅在外部经济整体滑坡的情况下保持了经济的高速增长，财政增幅更大。特别是城市建设更是形势喜人，目前的西宁到处都是工地，大有内地城市二十世纪九十年代初的景象。他们自己说他们在高原上醒得晚，但却走得很快。就在我们来考察的时候，他们也派出了一个考察组到沿海去考察。相信这只高原睡狮醒后定能一吼惊人。

14

兰州是一个民风淳朴的地方，这里的人憨厚、正直、朴实、善良。我们前一天从西宁赶过来的时候已经是晚上九点，当地的朋友不仅在站台上等待，而且还备了丰盛的晚餐。今天早上他们又早早地赶来，让我们十分感动。

兰州是一座古城，张骞出使西域的时候，这里就是重要的商埠和驿站。黄河从城中穿过，由西向东，使整个城市分为南北两半，但这南北距离甚近，两山之间不足两三千米。东西却十分狭长，沿川挺进，似一串明珠。

上午，市里的同志给我们介绍了一些情况，从政治到经济，从历史到文化，无所不包，无所不谈。这也是一座新兴的工业城市，有着丰富的自然资源。水、电、矿产无一不有，且储量十分可观。这里是西北的咽喉要道，公路、铁路、飞机、航船，四通八达，东去大海，西连天山。

下午去甘肃少儿出版社会朋友。汪晓军、杨旭青都是我十分要好、但从未谋面的朋友。见面之后，似曾相识，彼此没有一点儿陌生感。我们谈出版的形势，谈画刊的销量，谈儿童文学界的朋友，谈得十分投机、十分开心。后去黄河岸边看水车、水磨，与黄河母亲雕像合影留念。

晚上，晓军、旭青一定要共同吃一顿饭，选在了唐汪美食城，让我品一品西北的羊餐。西北与东北确不一样，羊肉十分鲜美，绝无半点腥膻。我们喝甘肃的酒，吃甘肃的肉，谈甘肃的天。边吃边聊，竟忘了自己的酒量，直到面红耳赤，步履蹒跚。在晚宴上又结识了两位新朋友，一位叫马一青，是《故事作文》的美编，一位叫靳莉，系《故事作文》的文编。两位皆为女士，一位生在兰州，一位生在哈密，酒量极好，在我所认识的女性文人中十分罕见。

在归宿的路上我想了很多事情，比如西北人为什么这样实在？西北究竟有哪些文化积淀？它与东北有什么区别？想着想着就回到了友谊宾馆。今夜酒已至酣，但愿能有一夜美好的睡眠。

15

出敦煌市区南行七八里，有山兀立，这便是鸣沙山。鸣沙山无石无土，以黄沙堆成，不仅寸草不生，也绝无任何生命。山形如卦，风来沙动，或高或低，但阴阳之形永远不变。它最奇特之处，是人从山上滑下能发出高达八十分贝的响动。山下有一潭泉水，形如月牙，故名为月牙泉，泉清而冽，炎阳之下，酷暑之中，只要你立于水畔，顿觉遍体生风。山泉之间有一亭，名曰月泉亭，登高不能望远，却可览山之雄浑，水之灵秀。

来鸣沙山最大的乐趣便是爬沙。沙上无路，随处都可为路，但这种攀登却十分艰难，开始时你可在沙地上留下一串深深的脚印，再向上便要步步深陷，黄沙灌满鞋子，让你不得不把这赘物扔掉。随着坡势变陡，脚下去便再没了痕迹，脚下如同海绵，走一步退半步，你越是着急，爬得就越慢。但你却不可停下来，如果停下不仅不能前进，还似有下滑之感，你在这柔软中很快没了力气。在你爬行的时候沙也在走动，你的眼前先有一股沙流上窜，形如鲤鱼顶水，似乎在引你向前，你看着它便不得不拔动双腿，让你欲罢不能，欲行又难。这是对一个人意志的考验，也是对耐心的考验。在沙上我真正体验到了什么叫柔弱胜刚强这句古话，这沙山就如同一貌似柔弱的女人，不仅让倔强的男人没了脾气，还得让你顺从她的意愿。

我们来的时候已是下午四点。当艰难地爬到山顶之时已是夕阳在山，我再没了半点儿力气，躺在山梁上喘气，枕着黄沙，望着蓝天，全没有征服的喜悦，只感到人的渺小，力量的有限。

16

去敦煌东南五十里，这一片戈壁便到了尽头。鸣沙山、三危山，首尾相衔，形成一个巨大的U字，中有一水，汩汩而过，水畔白杨耸立，江柳婀娜，花草繁茂，形成一片绿洲，洲边山崖陡峭，如劈如削，这水便是宕泉河，这绿洲便是宕泉河谷。谷边山崖上亭楼高挑，有洞窟上千，这就是中外闻名的莫高窟。

莫高窟始建于前秦建元二年，距今已有一千六百余年。此间朝代更迭，烽火连年，有十六国分立，有魏晋南北朝战乱，有隋、唐、五代、西夏的交替，直至元兵西下，生灵涂炭，这里却代代相传，洞窟不断扩建，据说在最盛时达到两千余座，现存七百三十五个，是一座辉煌的艺术宝库。和龙门石窟、云冈石窟、麦积山石窟并称为中国四大石窟，1987年被列为世界文化遗产。洞窟坐西朝东，由南到北一字排列，绵延一千六百八十米，高低错落，鳞次栉比，最高处有五十米，分为上下五层。洞窟分为南北两区，南区有洞四百八十七个，北区有洞二百四十八个。南区所有洞窟均有壁画或塑像，北区仅有五个洞窟存有塑像和壁画，其余都已遭到掠夺和破坏。据导游介绍，目前洞窟中存有壁画4.5万平方米，泥质彩塑二千四百一十五尊。壁画绘于洞窟四壁、窟顶以及佛龛之内，内容博大精深，如果没有相当水准的佛教知识很难看懂。除佛教故事、经变、神怪外，还有狩猎、农耕、战争、歌舞等生活场景，最引人注目的当属飞天，有的手捧莲蕾云中飘舞，有的劲舒广袖鸟瞰神州，有的随风漫卷悠然自乐，有的则深藏楼榭之中戏耍云游。走进洞窟，与飞天为伴，便似走进了一个优美而空灵的神仙世界。我们到来时这些洞窟只有一半开放，另一半正在修缮之中。还有一部分从未向游人开放，那是僧侣修行、居住和死后埋葬的地方。

17

到莫高窟不能不说到一个人，这个人就是王圆箓。他原来是湖北麻城的普通农民，那年家乡大灾，他逃荒到甘肃，没找到合适的出路就入观当了道士。光绪二十六年，他在修缮他所居住的洞窟的时候，无意间发现了藏经阁。面对堆放在密洞之中的四万多件经卷、文书、字画，这个粗通文墨的道士惊呆了，他不知道这些东西有多大价值，更不知他的发现会震惊世界。他的第一反应这肯定是有用的东西，必须报官。一大清早，他步行五十多里来到县衙，送上他从洞窟中选出的经卷，可县太爷并不买账，他只把它看作是两张废纸。道士无功而返，满脸疑惑。又过一年，敦煌来了位新知县。王道士再次进城。这位知县是一个文化人，听说有这样一批宝贝便带了人马亲去察看，王道士满心欢喜，可县令看后只是拣了几件经文便扬长而去，此后也没了下文，道士再次失望。情急之下，他又选了两箱经文，赶着毛驴奔赴肃州去见道台，道台是个没脑子的文人，浏览之后摇着头说，这些东西不值一看，经卷上的字还不如我写得好呢，道士又一次碰壁。实在没有办法，王圆箓给慈禧写了密报，然而当下正值大清王朝风雨飘摇之际，老佛爷连江山都难保，哪还有心思理睬这等事情呢。尽管如此，敦煌发现经卷一事仍不胫而走。1907年，冒险家斯坦因从英国赶来，以他是玄奘的崇拜者为说辞打动王道士，以二百两白银骗走二十四箱经卷、书画；1908年考古学家伯希和从法国赶来，以六百两白银又从王圆箓手中掠走一万件敦煌文书；1911年日本探险家吉川小一郎来到敦煌，从王道士手中弄走六百件文物；1914年俄国人奥尔登堡、1924年美国人华尔纳也分别闯进洞窟，窃走了大批壁画。目前这批文物仍留在大英博物馆、法国国家图书馆、日本国家博物馆、俄罗斯科学院和美国国家博物馆中。关于这批文物的流失，有人把责任归咎于王圆箓，实属不公。一个农民出身的道士能为此做出这般努力已经不易，那些有文化的官员又做了些什么呢？这是民族大辱，国之大辱。

18

王维一首《渭城曲》，让阳关成了人们心中的一道分野，关内柳绿花红、水清禾茂，关外黄沙漫漫、苍凉寂寥，这是千百年来没到过敦煌的人们共同的认识。其实不然，在丝绸古道上，阳关只不过是众多关隘之一，是一个重要的驿站。这里有流动的沙丘，也有肥沃的良田，有大片戈壁，也有树木掩映的村庄。阳关旧址已无从可考，新设的关隘和烽火台只不过是供游人参观的景点。关里关外并无太大区别，漫步在刚刚修建的长廊里，可以看到远处的沙漠、雪山和绿洲。

19

下午三点离开敦煌，经兰州飞往西安。

飞机落在兰州中川机场时，天已将黑。加油后重新起飞，天空却越来越亮。夕阳在天，云雾在下，只是大地有些模糊，但在阳光的照射下山川的褶皱仍可看得清楚。片刻太阳西落，天地相接处一片橙红。带状的红云上方，天空依然很蓝很亮，红云下却一片黑色。随着距离的缩短，飞机在逐渐下降，红带渐渐消隐，天空渐渐变淡，下面越来越黑，地面已依稀可见灯光。在这一过程中我一直暗想，原来黑暗只属于大地，而不属于真正的天空，所谓黑夜，不仅在地球的另一侧仍有光明，即使在这一侧你离地球远一些也可见到光明。这就更证明了不识庐山真面目的道理，距离不仅可以产生美，更可让你看清真相。但同时也十分敬佩我们的祖先，敬佩人类发明了火发明了电，来抵制黑暗让黑暗中总有一线希望，一片光明。

20

古城就是古城，尽管看上去有些破败，依然不失帝都气象。十三朝故都虽然是久远的历史，可它积淀下的文化还在，不用说保有完好的明城墙、宋代的碑林、唐代的大雁塔，汉代的霍去病墓地石雕，秦代的兵马俑，就连现代人的坐卧行走，穿着打扮，吃喝拉撒都能看出文化。所以，西安就出文人、出大文人，出画家、书法家，从古至今，绵延不断。目前这座城市已成为中国西北地区的重要科教文化中心，现有普通高等院校三十七所，军事院校八所，成人高校二十九所，在校大学生达一百二十万人，是仅次于北京、上海的大学城。难怪高新技术成为这座城市的支柱产业，原来是因为人才和人力资源得天独厚啊。

21

到西安，如果不看碑林，肯定不是真正的文化人。这座始建于北宋哲宗元祐二年的碑林，现藏有从汉代至明清乃至民国各个时期的碑石、墓志一千多方，是目前全国最大的"石书"宝库。

我们来参观的时候是下午，游人已经十分稀少，且大多集中在碑亭前面的孔庙内，《石台孝经》碑前只有我们这一伙人。这座名碑是唐玄宗李隆基的御笔，八分汉隶，雍容清丽，端庄大方。文旁楷注，清秀隽永，工致多姿。通碑华贵高大，充溢皇家气象。导游告诉我们，这是他们的镇馆之宝，今天西安能有这座碑林，也正是因为大唐皇帝留下这一方墨宝。碑林共设七个展室，由于时间关系，我们重点看了第二展室，领略了唐代书法。这里有欧阳询的《皇甫诞碑》，是一件国宝级文物。用笔峻拔险峭，法度平整、规范，势如削玉，尽得隋碑峻利，不失北朝风貌。这是他的早期作品，已显现传世的欧体风格。与之毗邻还有一块碑，叫《唐道因法师碑》，是欧阳询的儿子欧阳通所书，笔力险劲，字形规整，酷似其父，但不如父字老辣，所以史称其为"小欧阳"。还有唐代李阳冰的《三坟记碑》、颜真卿的《唐多宝塔感应碑》、《唐颜氏家庙碑》。我小的时候曾经写过颜帖，看后很是亲切。特别是《家庙碑》，是先生晚年作品，笔力雄健，气韵醇厚，人书俱老，炉火纯青。此后还看了柳公权的《唐玄秘塔碑》，这是书圣的传世精品，结体瘦硬，筋骨尽显。导游不说他的字，只介绍他的人。说先生在唐代曾为三朝元老，唐穆宗在位时曾问他"笔何尽善？"答曰："用笔在心，心正则笔正。"皇上为之动容，知道他是在以笔喻人劝谏自己，从此对书圣更加器重。这就是千百年来传说的"笔谏"美谈。在这里还看到了他的《争座位稿》，这是第一次看到他的行书，气势充沛，劲捷豁达，充分体现了书法家刚强耿直、朴实敦厚的性格特点。其余展厅只是草草一过，来不及细看。故留下的印象不多。三展室有《汉曹全碑》、《宋刻孔子庙堂碑》，这是我曾经临写过的，亲睹古迹，不胜欣慰。在第四展室，还看到了黄庭坚、苏轼、米芾墨迹，匆匆一瞥，不敢妄语。

22

西安东行百余里，有个地方叫临潼，这便是世界第八大奇迹秦始皇陵和兵马俑所在地。秦始皇陵很大，像一座小山兀立在渭河岸畔的一片川地上。陵前有一条路，可旋至陵顶。陵墓还没有开放，里面的一切都还是一个谜。陵东里许便是一组大型陪葬坑，俑坑规模宏大，面积达两万平方米。有三处已经开挖，出土战车百余乘，陶马六百余匹，陶俑八千多件，以及大量实用兵器。现已建成一座秦兵马俑博物馆。

我们参观的是三号俑坑，给我留下最深印象的是那些神态各异的兵俑和体形健壮的陶马。这些陶俑的共同特点是头大、身长、腿短、脸方、鼻直、嘴大，具有典型的西北关中人的特点。但细看又神态各异，有的端庄风雅，有的活泼可爱，有的沉着老练，有的喜笑颜开，还有的凝神静气，有的愁眉不展。性格、年龄、身份都刻画得一目了然。那些陶马就更惟妙惟肖。头方耳短、鼻广口阔、目大有神、臀圆身厚、腿细而长、四蹄生风。这个形象和《相马经》中所描述的"马头为王，欲得方；目为丞相，欲得明；脊为将军，欲得强；腹为城郭，欲得张；四下为令，欲得长"的神骏标准几乎相同，可见两千多年前雕塑艺术的了得。

看完秦俑，又去了骊山，眺烽火台，进华清池，上捉蒋亭。回来的路上我一直在想，临潼不是个吉利的地方，秦始皇在这里建阿房宫，灰飞烟灭，地下埋了一个朝代；杨贵妃在太液池中洗澡，结果在马嵬坡送命；还有蒋介石，刚到骊山，便被张学良、杨虎城活捉，若不是两位将军心慈手软，中国的现代史恐要改写了。

23

    下午参观西安临潼私营企业园区和私营农场。农场乃民办科研，名为西安番茄研究所。现已研发出一百余个番茄新品种。这个农场目前已被批准为国家级育种基地，种子供应国内各省，占市场份额的60%。场主是个农民，名叫王建华，山东籍，憨厚朴实。除育种外，还兼并了一家药厂，拟利用番茄开发一种止痛药，气魄很大。去年省农科院拟出一千万元想连他一同买断，没有谈成。现在有许多省内外农业专家给他打工。他女儿也是番茄专家，管理这个农场。

    这篇游记，是十一年前去西北五省区考察时写在一个笔记本上的，尘封旷日，这次整理书稿才意外复得，虽已时过境迁，但捡拾中当初那份感动依然跃动纸上，这是我情感中真实的西北，是曾经神往并永远难忘的地方。搁笔已凌晨两点，看来今夜要梦回大漠了。

谒 武 侯 祠

入川三日，没见到太阳，便匆匆上街买了把纸伞，冒雨去谒武侯祠。原以为雨中谒祠会多一份幽静，不想买门票的队伍比站台上赶火车的还长。我问朋友，今天是不是有什么特殊节目？他笑了笑，操着带有辣味儿的蜀音说："每天都是这样。"

在雨中站了半个时辰，终于花两块钱捐了个门槛儿，值与不值已来不及细想，一门子心思就是想看看诸葛亮是什么样儿，过碑亭，穿过文臣武将廊，迎面是蜀汉皇帝刘备殿。有位海外归来的游子正在进香，看样子亦是蜀中之人，小个阔额，一脸虔诚。看那座上汉主高高大大，一脸宽厚仁义礼贤下士的模样，便臆想烧香之人定有诸葛孔明之才，可惜生不逢时没能用上。又一想，这种想法不近情理，改革开放，政通人和，该翁一定感盛世日兴，祖国富强在望，回来寻根问祖的。

过蜀主殿又过一厅，这才见到小时候就崇拜得五体投地的诸葛亮。那时候冬夜无眠，三五十人挤在说书人家的大通炕上，惊堂木一响，最想听的就是料事如神能呼风唤雨的诸葛亮。后来读他的文章，读关于他的书，可一直想象不出他是什么样。所以，一到成都，看他就成了第一个愿望。进得殿来，迎面有三尊坐像，那坐在正中，头戴纶巾，手持羽扇，身披金袍者定是诸葛大人，他面阔额方，山东汉子模样，尚在凝目沉思，是在想治国良策，还是在为那无能亦无骨的幼主神伤？列居左右的两位为谁我不知道，朋友说，那是相爷子孙诸葛瞻和诸葛尚。史载，诸葛先贤当年不仅打仗立国有道，教子治家亦十分有方。一篇《诫子书》醒千万世人，"淡泊明志，宁静致远"千古名言，万世流芳。那父子亦随贤相尽忠蜀汉大业，三世忠贞，共祭一堂。

诸葛金像不如皇叔高大，但殿前香火却比前殿燃得旺。有一炷投者，两炷投者，亦有四五炷一起放到案上，香烟缭绕中，我又见那位游子跪到案前，默念良久，仍在向贤相诉说衷肠。这时又进来一帮子人，由导游小姐引着，边讲边看。中有一拄杖老者，把目光凝在"能攻心则反侧自消，从古知兵非好战；不审势即宽严皆误，后来治蜀要深思"的对联上，连叹这联写得好，并对身边人说："难怪当年毛主席告诫来四川工作的同志，必须来读读这副对子，这个撰联的赵藩实在是了不起。"

老者为谁？我没兴趣。但由老者的议论生出一些想法。据说建祠以来，前来拜谒者每年都以百万计。有帝王将相、名人伟人，亦有骚人墨客、平头布衣。香火之盛，在成都城无与伦比。何以至此？静静想来，大抵如是：那诸葛先生仁德睿智，集精明、忠直、刚正、廉洁、淡泊于一身，是一个永远完善的偶像。故此，居庙堂之高者，谒其忠直仁厚；拥千军万马者，谒其精明睿智；辅君治国者，谒其宏韬大略；修心养性者，谒其宁静淡泊；为人父母者，谒其治家教子之策；平民百姓者，谒其清正廉洁之德。如此种种，已无须细说。时年壬申五月，榕城已树一蓬蓬绿，花一簇簇香。

癸酉三月追记于边城长春。

感受西安

　　大明宫是深深地埋藏在黄土和瓦砾中的一段历史。为保护它，西安人要花上百亿资金，迁走十万居民建一座国家遗址公园。这对于一个经济并不十分发达的发展中城市，不能说不是一个壮举。所以，当组织实施这一重大工程的西安曲江大明宫遗址区保护改造办公室和《美文》杂志社邀我参加他们举办的"2009海内外作家学者大明宫笔会"的时候，欣然前往。我愿意成为这一功在当代，利在千秋历史事件的见证者，更想亲身感受和倾听一下这座千年古城藏在心底的声音。

　　西安是一座文化底蕴十分厚重的城市。它曾谱写过中华民族辉煌的历史，大唐盛世，国强民富，疆宽域广，声名远播，八方来朝。唐蕃古道，丝绸之路，都从这里开始。如今，依然耸立在城市中的大雁塔、小雁塔，都是这一段历史的见证。生活在这座城市里的贾平凹先生曾经这样描写西安："当世界上的新型城市愈来愈变成了一堆水泥，我该怎样来叙说西安这座城呢？是的，没必要夸耀曾经是十三个王朝国都的历史，也不自得八水环绕的地理风水，承认中国的政治、经济、文化的中心已不在了这里，对于显赫的汉唐，它只能称为'废都'，但可爱的是，时至今日，气派不倒的，风范依存的，在世界的范围内最具古城魅力的，也只有西安了。它的城墙赫然完整，独身站定在护城河上的吊板桥上，仰观那城楼、角楼、女墙垛口，再怯弱的人也要豪情长啸了。大街小巷方正对称，排列有序的四合院和四合院雕门楼下已经黝黑如铁的花石门墩，你可以立即坠入了古昔里高头大马驾驶着木制的大车喤喤喤开过来的境界里去。如果有机会收集一下全城的数千个街巷名称，贡院门，书院门，竹笆市，琉璃市，散场门，端履门，炭市街、麦苋街，车巷，油巷……你突然感到历史并不遥远，以至眼前飞过一只并不卫生的苍蝇，也忍不住怀疑这苍蝇的身上有着汉时的模样还是有唐时标记？""你信步在城里走走吧，钟楼已没钟，晨时你能听见的是天音，鼓楼已没鼓，暮时你能听见的是地声，再倘若你是搞政治的，你往城东去看秦兵马俑，你是搞艺术的，你往城西去看霍去病墓前石雕。我不知疲劳地，一定要带领了客人朋友爬上城墙，指点那城南的大雁塔和曲江池，说，看见那大雁塔吗，那就是一枚印石，看见那曲江池吗，那就是一盒印泥，记住，历史当然翻开了新的一页，现代的西安当然不仅仅是个保留着过去的城，它有着同其它城市所具有的最现代的东西，但是，它区别于别的城市的，是无言的上帝把中国文化的大印放置在西安，西安永远是中国文化魂魄的所在地了。"他说得极是，西安永远是中国文化魂魄的所在地。他在文章中列举了城东城西城南的文化标记，唯独没有说到城北。城北是什么呢？城北就是大明宫，那时这里还没有开发，除1950年后国家文物局持续在这里发掘时留下的一堆堆黄土外，昔日的千宫之宫，盛世大唐还深深地埋在地下。人们能看到的是一座座村庄，一片片低矮破旧的砖瓦房，是不很整齐的庄稼地，是一座座工厂、一个个仓库，是棚户区，还有河南山西逃荒在这里落户的老乡。他们一代代在这里繁衍生息。他们只知道他们世代居住的地方叫龙首塬，不知道他们祖祖辈辈就住在大唐盛世的皇宫之上。直到2005年政府发出公告，决定让他们搬迁，这些外来的西安人才知道自己白天踏着龙脉，夜里睡着龙床，难怪这日子一代更比一代强呢。

西安的决策者们是有远见的，也是有良心的。他们这代人吃祖宗饭，但决不想断子孙粮。在开发利用古迹的同时不忘保护，于是在古城墙修复之后，又恢复重建大唐芙蓉园、曲江池、唐长城等历史遗迹。2005年10月，国际古迹遗址理事会第15届大会在这里召开，发表了将遗址周边环境与遗址本身共同保护，创造遗址保护与城市发展和谐共生的人类文明示范区的《西安宣言》。这更加坚定了西安人耗巨资建造大明宫国家遗址公园的决心和信心，要让这龙兴之地重塑大唐的辉煌，成为文化传承的载体，休闲度假旅游观光的胜地。造福百姓，德荫后人。

马车时代的长安深深地埋在大明宫的地下。西安这座古城已经改坐火箭。2007年，西安市委、市政府通过《大明宫遗址保护改造实施方案》。10月，大明宫遗址公园概念设计启动，全球招标。2008年1月方案揭晓。与此同时，曾承揽建设大唐芙蓉园、曲江国际会议中心、曲江池遗址公园、唐城墙遗址公园、大慈恩寺遗址公园、法门寺佛文化展示中心等大型文化工程的国家文化产业示范区——曲江新区的建设队伍开进西安道北。2008年8月，国家文物局通过《大明宫国家遗址公园总体规划》，9月通过《大明宫考古计划》，10月，国家文物局和西安市政府共同主办了大明宫遗址保护高峰论坛，一百多位考古、规划界的专家、学者汇聚一堂，达成了促进中国大遗址保护和推动城市建设和谐发展的《西安共识》。同月，全面完成大明宫遗址核心区3.2平方公里的棚户区拆迁任务。迁移居民2.5万户，10万余人。11月破土动工。到2009年4月，组织我们到现场考察的时候，大明宫遗址含元殿已经修复完毕，殿前御道刚移栽的大树已经抽出新芽。几十辆挖土机正在挖掘太液池。整个工地一片热闹景象。曲江开发区的任西安主任告诉我们，这是遗址公园的核心区建设，预计2010年10月完工。耗资120亿元。整个园区面积达19.6平方公里，其中包括中央商务区、文物展示区、休闲娱乐区，等等，总工期需五年，总投资1400亿元。我无法不惊叹他们的速度，更无法不惊叹他们的气魄。保护大明宫遗址，国家投入的资金十分有限。建设大明宫遗址公园完全要由西安市和曲江开发区自己筹钱。他们要让这19.6平方公里的土地生金，他们更想通过这一工程的实施使这座历史文化名城增值，这又让我不能不为他们的智慧惊叹。

　　一座有过辉煌历史的西安。

　　一座仍在创造辉煌的西安。

印象中的俄罗斯

在我登上从北京飞往莫斯科飞机的一瞬间，忽然想到这样一个问题，俄罗斯到底是什么样？调动所有的记忆，只能想到它地大物博，横跨欧亚两洲，苏联时是大国，地域大国、经济大国、军事大国。解体了，经济总量和地盘虽然有所减少，但地域依然很大，是中国的两倍。可人口才只有中国的九分之一，而且生态良好，资源丰富，贝加尔湖储有全世界五分之四的淡水，够全世界人民饮用五十年，高加索、远东储有世界最大面积的森林，石油储量也极为可观，靠卖资源也可以支撑这个国家平稳发展。还有城市工业基础雄厚，农村土地众多，等等。这些大多来自于资料和媒体宣传，更多的便一无所知了。于是就安慰自己，人大凡初到一个地方特别只是作短暂的停留，很难对这个地方有准确的认识，看到的只是表象和皮毛，如同雾里看花，水中望月，何况我只到过它的一个边城呢。

十年前，中共中央办公厅在哈尔滨召开一次全国信息工作会，会后曾组织去俄罗斯远东的海参崴。车过黑河海关，便有了荒凉的感觉。几十里看不到一个村镇，也看不到成片的田舍。土地荒芜着，蒿草和远处的深林连在一起，草是枯黄的，地上还残存着积雪。这是早春，路有些泥泞，大巴车在路上颠簸了五六个小时，在傍晚才进了符拉迪沃斯托克。这是俄罗斯远东地区最大的城市，也是俄罗斯太平洋沿岸著名的港口城市。小城风光很美，远处有大片的森林，近处是典型的俄罗斯式的楼舍。城市依山傍海，北靠高地丘陵，南面三面临海，湛蓝的海湾停泊着货轮和军舰。我们下榻在海湾边上的宾馆里。宾馆不大，也不豪华，但很舒适，很整洁。我住在五楼，临窗就是大海。时间大体是午后四五点钟，太阳已离海面很近，波浪上泛起一道橙光，近处是树，远处是海岛，在树与岛之间是来往的船只和飞翔的鸥鸟，那种感觉真是像在画中一样。

那时苏联刚解体不久，经济上已经显现出它的萧条。在这个当时六十万人口的远东第一大城市，滨海边疆州的首府，路上竟很少能见到行人。路上车也很少，车都是从日本、韩国走私过来的二手车，而且左舵右舵五花八门。但出租车的档次很高，大多是奔驰和日产的桑塔纳，价格也不很贵，我们从军港坐到岭上的百货商场才花一百卢布。百货商场和街边店铺都冷冷清清，货物稀少，人们起码的日常生活用品也无法满足。在市场上能见到的大多是从黑河走私过去的中国轻工产品，如廉价的服装、鞋帽、打火机、塑料日用品、玩具等等。当地的商贩则向中国游人兜售皮毛围脖、呢子大衣、皮帽、皮手套，还有仿真枪支，劣质刀具等等。食物十分短缺，我们在那里待了两天，团餐最好的菜品是炸鸡腿和香肠，限量每人两块，那时年轻饭量很大，几乎每顿都无法吃饱，好在有同事同行，他人小量小每顿都可贡献给我半份。

这是我对俄罗斯的最初的具体印象。但那时我也想，这并不是真正意义上的俄罗斯，因为我脚下踩的曾经是中国的土地。1860年《中俄北京条约》签订以前，这是清朝政府吉林将军的领地。江东六十四屯，包括库页岛、贝加尔湖，一百四十万平方公里土地，那是我们的祖先曾经劳作和生活的地方，如今却成了他们的远东让我们到这里作客，这是何等的滑稽？

谢列梅捷沃二号

　　9月6日22点50分（当地时间18点50分），我们乘坐的中国国航班机安全降落在莫斯科谢列梅捷沃二号国际机场。乘务员报告，地面温度18摄氏度，大家要穿好外衣，到莫斯科的旅客带好证件到谢列梅捷沃二号大厅通关。这是一个十分古老，准确一点说应该是一座比较破旧的机场。规模不大，比改造前的长春机场大不了多少。但这的确是曾经的超级大国的国门。据说在前苏联时期，这个国家在政治上与欧洲各国隔绝，所以往来的国际航班很少，昔日的谢列梅捷沃并不显得拥挤和繁忙。下机走出廊桥，进入大厅通道，窗外正在下雨，雨不大，天尚未黑，机场工作人员正在雨中忙碌着，引导车、行李车、导客车肆意穿行。远处，一座立交桥拦住桥外的森林，细雨中看去黑黝黝的一片。

　　海关设在一层的大厅里，从通道下去是没有电动扶梯的台阶，拉着行李走下去很是费劲，特别是那些抱着小孩儿的妇女，推着婴儿车的少妇，从上到下就更显得吃力。台阶旁有一部直上直下的残疾人电梯，但始终未开。抱孩子的妇女只好让大孩子在台阶上看东西，自己先下去送小孩子，然后再上来取东西。海关外面的厅不大，我们到时那里已经挤满了人。白种人、黑种人、黄种人、男人、女人、老人、小孩儿挤在一起，十分热闹。外面气温仍然很低，这里的温度却陡然升高，很多人已脱下外衣，依然汗流满面。海关只设五个关口，按理论分工，两个为本国公民验关，三个为外国人服务。可因为人多，已分不出行列，故而在前面指挥的工作人员只注意看管不让旅客越过黄线，至于该到哪个窗口他们已无法顾及。到验关时便不断有外国人被本国人的验关窗口拒绝，再由工作人员带到另外的行列去排队。在飞机上就有人告诉我们，在这里验关速度很慢。有的说要七八分钟才能通过一个，有的说十多分钟才能通过一个。我们站在队伍的后面，心想这下可要惨了，等我们通完关大概要等到国内的天亮了。还好，今天海关的工作人员心情不错，并没有像人们说的对每个外国人进行刁难，也没让我们等上三四个小时（当时站在我身后的一个在莫斯科大学留学的学生说，他最长的一次是等了两个半小时才通关）。一个小时零五分钟，我们一行就都到行李大厅。这个厅也不大，总共才有两条行李传送带。取行李的人不多，但因厅小便显得拥挤。我们来到传送带前也没能马上拿到行李，由于验关太慢，行李已被先到的人扔在地上，横七竖八，乱糟糟一片。好在我们人多，便有了分工，我先出去找车，留下的人找行李。可我找遍了整个大厅也没有找到一辆，翻译又去，还是没有找到。原来这里的手推车极少，我们到时早已被先出关的人抢光了。后来是一位中国小姑娘在厅外推两辆车子进来，见我们的行李多，便让给我们一辆。异国他乡同胞相助，心里顿感无限温暖。

在全世界，所有的海关工作人员都不太友好，这已是不争的事实，但在莫斯科机场可能反映的更甚。在通关的过程中，我看到这样两幕。一是在队伍前面组织验关的一男三女，个个表情木然，他们在不停地用俄文喊话，并对前面出列的人推推搡搡；二是一个从旁边办公室里出来的女工作人员，对一个中国女孩儿大声呵斥，因为女孩儿挡了她的路。我问身边懂俄文的同胞她说的是什么？他说那女人说，你不就是中国人吗，有几个臭钱有什么了不起？言语充满敌意。

在大厅验关中，我也遇到了另一件事情。另一个中国女孩儿，像是导游，带了二十三个游客，到处找站在前面的中国人要求加楔，说他们要出关赶班机，俄罗斯人就不高兴了，不让他们加楔，并伸手阻拦。开始我并不理解，想，加楔就加楔呗，他们着急转机。后来才明白这里是目的地不是中转站，中转在另外一个大厅，那个女孩儿是在说谎。由此，便不得不为中国人害羞，而对那几个坚持原则的俄罗斯人产生了敬意。

掩映在森林中的中国大使馆

　　走出谢列梅捷沃机场，雨就已经停了，地面湿漉漉的，但没有积水。天也没有黑，只是灰蒙蒙地亮，太阳也没有露脸，天空中的薄云在缓慢地移动。来接我们的是中国一汽进出口公司驻俄罗斯办事处的办公室主任。他自我介绍说，他叫应福林，是我们这一站的向导，也是司机。他让我们把行李运送到等车的安全岛上，自己去远处停车场取车。这时，相继有好几辆巴士在岛边停下，等车人匆匆上车，车也匆匆开走。也有私家车停下来接人，也是匆匆启动，和验关大厅里的慢形成十分鲜明的对比。我们的车好长时间才到，应先生说那边堵车，并让我们快上。在路上他告诉我们，机场外面的警察十分厉害，而且不讲道理，如果稍不小心让他们抓到一点儿毛病，就得接到两千卢布的罚单。

　　车出机场，路两边是时断时续的树木和森林，路很宽，路上车也很多。大体十几分钟，前面就看到了城市。应先生说，这还不是市区，是莫斯科州管辖的城镇，到了五环才算进城呢。车进五环，路边依然有大片的树木，灯光从树的缝隙间筛落下来，天已经黑了，路灯掩映在树丛里。又行进二十几分钟，车在一大片森林停下，林中是一排红房子，应先生说这就是中国大使馆。大使馆森严壁垒，用三米高的铁栅栏围着，我们下榻的地方是大使馆接待处的招待所，就在大使馆边上是相连的一个院子，门前临着脚下这条街道空空荡荡，门已经上了电子锁。应先生按了门铃，用中文和里面的人对话，好一会儿才有人出来开门。在国内就听说莫斯科的社会治安不好，中国游客时常遭到抢劫和勒索。我们的一个古董商人在警察局被盘问的时候就丢了一万美金，在场的都是警察，失窃者连问都没敢问。难怪招待所要这样谨慎。招待所的面积不大，上下五层，每层二十几个房间。设有会议室，会客室，还有桌球、棋牌等娱乐活动设施。翻译说，这里不对外服务，是中国中央国家机关驻外使领馆工作人员出差过往接待的地方，最近才向地方政府来俄罗斯出访的团队开放。使领馆是我们在域外的祖国领地，住进去就感觉如同到家。

大使馆在招待所的右侧，是临街一座并排更大的楼房，大概有六七层的样子，朴素，但很威严。这里是使馆工作人员办公的地方，闲散人员不得随意出入，就连工作人员进出也要持卡。这是捍卫祖国主权和尊严的前沿高地，我们只能站在楼下来仰望它高大的身影。听曾经在驻外使馆工作过的明胜先生说，使馆工作人员十分辛苦，他们每天都要工作到深夜，有时甚至要通宵达旦。特别是像驻莫斯科这样地方的特大使馆就更辛苦。在这里工作的外交人员，只有一少半人带家属，其余的则长年过着单身生活。他们为祖国付出的艰辛可想而知。

使馆的院子很大，院子里也是一片森林，中间还有一个湖泊，放养着鸭子和天鹅。林中修了石板路，墙里的环路和花房、游泳馆、球场、会议中心、大使官邸、职工宿舍相连，徜徉其中如同身在郊外。林中的树种很多，松树、白桦、枫树，还有很多叫不上名字。对了，还有果树，是苹果，已经成熟，落得满地都是。使馆对面还是森林，更大，大概有几百公顷，和著名的莫斯科大学连在一起。站在我下榻的房间里就能够看见莫斯科大学主楼的塔尖。林中有好几条街路供车辆穿行，而其他地方则全是参天大树。据当地朋友介绍，这里就是麻雀山，是一片原始森林。大学和使馆原来真的是在森林中。林中也有水面，有市民在悠闲地钓鱼，林中还有草地，是孩子们踢球、老人散步、妇人溜狗和更小的孩子学步的地方。

中国驻俄罗斯使馆是我国驻外使馆规格最高，人员最多的使馆，也是俄罗斯外国使馆中规格最高、人员最多、占地最大的使馆。这是李惠来公使在宴请时告诉给我们的。我们此次到访，正是中国驻俄使馆最忙的时候，新老大使刚刚交接，新大使正在忙碌两国领导人互访的相关事宜。公使则组织力量处理因莫斯科取缔切尔基佐沃市场，驻莫华商请求保护问题。这一事件，我们在国内时媒体就已炒得沸沸扬扬，但事实并非如此，个中原因复杂得多。还有出口劳务人员被骗问题。一伙来自江西的农民被黑中介扣压了身份证明，干活领不到工钱，最近当地管理部门查得紧，又无工可做。先前一群人挤在废弃的集装箱里住，现在又被赶出来，断粮、断水。二十几个人天天到大使馆来闹，在对面的林子里安营扎寨。公使就得协调当地管理部门调查，和国内地方政府联系，研究解决办法。我们这顿饭吃得很快，仅仅一个多小时，公使就接了好几个工作电话。

公使宴请地方出访团并非使馆的公务，之所以能得到这样的礼遇，一是我们的随团秘书曾是公使在另一个国家出任参赞时的部下，二是因为长春在对俄关系中有着特殊的地位和作用。我们谈到了长春的中俄科技园，谈到了东北亚博览会，谈到了俄罗斯将要和中国特别是东北地区的经济合作项目。这次交流意义重大，它让我们感受到了我驻外工作人员的艰辛，感受到了中国外交官的爱国情怀。更让我记住了李惠来这位朋友，记住了我们在俄罗斯国土上这片掩映在森林中的特殊土地。

莫斯科郊外的晚上

到莫斯科的第二天下午，从俄罗斯国家档案馆出来，时间还早。我对陪同的应福林先生说，能不能带我们去郊外看看？他看了看表说完全可以。于是就坐上他的车，飞快地离开市区。对莫斯科郊外的向往，应该源于那首上个世纪五十年代开始在中国流行的老歌。那是新中国成立后，实施第一个"五年计划"，中国一汽落户长春，为了援建一汽，苏联老大哥向中国派出了第一批专家，于是"午夜花园里四处静悄悄"的歌声便和汽车技术一起带到了长春，传遍了中国。我们这一行人，除翻译是"70后"，其余几位都是听着这首歌长大的。对莫斯科乡村的美丽，夜晚的温馨，年轻人爱情的甜蜜都曾经心驰神往。今日，能有机会亲身体会，个个心花怒放。

汽车驶出市区，远离高楼大厦，隐没在绿色的森林里。

路不宽，也不直，但车很密。一辆接着一辆，蜿蜒北行。路边偶尔出现一片村庄，不大，三五户、七八户、几十户不等，有红墙绿瓦的，也有绿墙红顶的，有涂有淡黄色颜料的，还有原木本色的，颜色不一，样式也不一。但总体风格是一致的，坡顶、宽沿、多棱、多角，是典型的俄罗斯风格。有的有院、有的无院、有的种满蔬菜、有的栽果树、有的已经荒芜，似乎已长期无人居住。房屋皆为楼房，多是二层，掩映在一片片的树丛里。路边也有摆摊卖货的，水果、蘑菇、鸡蛋，还有土豆和洋葱。主人青一色是裹了头巾的俄罗斯大嫂大妈，和油画上曾经见过的一样，都很安静，不像中国人那样在路上叫卖。

太阳渐渐地从梢上下沉，不一会儿就隐没在树林里，天边只留下一片橙色的霞光。车继续前行，路也越来越窄，但始终是在森林中穿行。路上已经没有刚出城时那么多的车辆，路边偶尔出现了成片的草地和农田。面积都不很大，和森林连为一体。农田已经收获，是刚刚平整的新土，猜想是种了土豆。向应先生求证，他也说不清楚。天渐渐地暗下来，路边出现一个较大的村庄，走近，是一片新建的别墅，有百八十幢，是一个用铁栅栏围起的社区，向右隔路依然是传统的村舍，以两层木楼居多。路口有一个超市，几十平米的面积，不时有穿着时尚的村民出入，无论男女老少，大多都带着一条狗，人去屋里买货，狗就拴在门口。也有不拴的，温顺地趴在路边，友好地看着我们这群陌生的外国人。

超市边上有一片草地，放满了小孩子活动的各种简易器具，应该是乡村的儿童游乐场。但这时已经看不到孩子，只有几条狗在哪儿散步。再远处是一片水，有两三平方公里的样子，水中有一个很大的岛，盖满了房子，树丛中已有灯火闪烁。我们来到水边，一个老人正带着一个小女孩儿嬉水，福林用俄语与他们交流，知道这个村叫索罗基诺村，离莫斯科40公里。村子里已经多年没人种地，所有人都是白天在城里上班，晚上回乡下居住。那边成片的小区和岛上的房屋，是城里有钱人盖的，是高档别墅。他们不常在这里生活，但周末和节假日都来这儿休息。随行的郝先生对这片景色特别对这对祖孙十分好奇，举着相机一直啪啪地拍照，小女孩儿害羞地躲到爷爷身后，却露出一对惊奇的眼睛。随后应先生带我们走进那家超市，为每个人买了一个冰淇淋，他说这是莫斯科的特产，这里的男女老少都爱吃。尝一口，果真味道不同。从超市出来，又围着村子转了一圈，发现家家院子里都栽有果树，几棵、十几棵、几十棵不等。秋收季节，果满枝头，有的已经落到地上，是莫斯科地区特有的苹果。在交流中还了解到，这个村子不属于莫斯科市，属于莫斯科州。

离开索罗基诺村已经是晚上九点，大家提议在路边找个小店用餐。走了好远才见到一个，进去，不像饭店，倒像酒吧，人不多，十分整洁典雅。条桌、高背椅、边上还有一个配有灯光和乐手的舞台。乐手正在调琴，音箱里飘出悠扬的民族音乐。又穿过一片森林，依然是相同风格的小店，福林说就在这儿吃吧，这里的酒店都是这样，人们边吃边唱边聊边听音乐，兴致极时，还可以下去跳舞。这一餐吃的是高加索地区亚美尼亚风味小吃。烤鱼、烤土豆、烤牛肉、烤羊排、洋葱圈、鲟鱼沙拉、苏泊汤。主食是俄罗斯烤饼，风味独特，余香犹存。

在俄罗斯的心脏里散步

　　克里姆林宫，历来被称为俄罗斯的心脏，是世界第八大奇景。这个始建于1156年的俄罗斯政治中心，从古至今在这里发生了太多的事情。每一个事件的发生都关乎这个国家和整个俄罗斯民族的命运。这是一个三角形的建筑群，宫殿、教堂、塔楼、红墙、拱门。虽然占地不足三十万平方米，周长不足两千延长米，却安放了大小数十个建筑，仅塔楼就有十九座。它坐落在莫斯科河畔的波罗维茨低丘上，从很远很远的地方就可以看到塔楼和教堂的金顶。

　　我们来到这里参观的时候是9月9日上午，是莫斯科难得的一个晴天。当车跨过莫斯科河上的大桥来到停车场时，正赶上钟楼的大钟报时，循声望去塔楼上的红宝石五角星闪闪发光。我问克里姆林宫在哪？导游说红墙里面那栋红白相间的房子就是。他说，这里现在仍是总统办公的地方，同时也向游人开放，每天都有来自全国乃至世界各地的游客到这个神秘的地方参观。其实这个地方并不很大，一进门左侧是大克里姆林宫，现在是陆军军官学校，门前摆着象征威严的大炮。楼不高大，是典型的俄罗斯古典式建筑，还兼作国家兵器馆和珠宝馆，很多国家级的文物都存放在这里。右侧是能容纳六千人的议会大厦，据说是1961年为苏维埃最高主席团大会而建，而现在不仅仅是开会用它，还兼任了参观、文艺演出功能。平时莫斯科的老百姓可以在这里听音乐会，看国家芭蕾舞艺术团的演出。再往里走是圣母升天大教堂，始建于1479年，是历代沙皇和女皇登基加冕的地方，也是历代大主教与教长安息的地方，很多有名的主教都葬在这里。教堂前面还摆放着一门大炮，一口大钟，炮为沙皇之炮，钟为沙皇之钟，炮和钟分别重达四十吨和二百吨，但从未使用过，它们只是俄罗斯那个时代铸造艺术的杰作和国力强大的象征。大钟还遭遇一次火灾，被烧得爆裂，掉下一块重达数十吨的叉，现立在钟的边上，游人常扶之照相，手摸处已经闪闪发光。

总统办公楼边上是一个十几公顷面积的花园，普京在这里工作的时候经常在这里散步。当然，是在没有游人的时候。我很好奇，也与大家一起在那片树林子里转了转。树林不大，但树却很高，几米、十几米不等，粗者可双人合抱，树龄当大多在百岁以上，长者或可几百岁不止。树林被小路和草坪分成数簇，大多成行。小路边有几个长凳，可供走累时休息，想普京肯定是没有坐过，他是个身体强壮、精力充沛过人的人，出来是为了锻炼和思考，怎么可能坐在长凳上浪费时光呢。花园边上是一堵低矮的围墙，墙外坡下不远处就是莫斯科河，河边的树林里还有一个跑马场，应该是市民和游人游乐的地方。这里应该是城市的制高点，我没有进行考证，不知它和莫斯科大学所在的麻雀山哪个更高。

　　克里姆林宫外就是世界著名的红墙和红场。红墙外就是全世界无产阶级的伟大领袖列宁墓地。从1924年1月27日列宁遗体安放在这里起，这个地方就成了全世界无产者瞩目的地方。八十五年来这座圣墓共修建过三次，前两次是木架结构，或木架镶石。只有最后这次才是用红花岗岩石和黑拉长石建成。墓地建成之后，日夜有士兵站岗，每一小时换一次岗，和克里姆林宫的钟声同步。1993年，苏联解体之后，随着国家对墓地维护费的停供，这一号岗也被撤掉，2007年还出现过迁墓之争。但大多数聪明的莫斯科人还是尊重历史的，左翼的坚持还是没有让墓地迁成，且申报了世界文化遗产，现在的列宁墓前又有了站岗的士兵。我们来瞻仰时，红场已被封闭，正在搭建舞台，说要举行世界军人音乐会。没有办法，只好绕行，走了好长的路才绕到克里姆林宫的西北侧，从角门进入这红场中的墓地。列宁安祥地躺在水晶棺里，高耸的额头、紧蹙的眉梢，身上盖一面鲜艳的党旗。据说遗体刚刚经过防腐处理，依然是想象中的模样。这位掺杂着犹太人血统、曾经震惊世界的俄罗斯人，肯定不知长眠之后发生这么多与他相关的事情，更不知险些被迁出红场，如果知道自己亲手缔造的苏维埃被解体，定不会如此安详，而会怒目圆睁吧。

列宁墓后的红墙下立着其他前苏联领导人的墓碑。共有十二块，依次是斯大林、契尔年科、布琼尼、伏罗希洛夫、日丹诺夫、伏龙芝、勃列日涅夫、捷尔任斯基、安德罗波夫、加里宁、苏斯洛夫等。他们或是列宁的学生、战友，或是后来的国家和军队的领导人，生前曾并肩战斗，死后亦亲密无间，这位小个子领袖当不会寂寞啦。西侧的红墙是无名烈士墓，那里安葬着所有为苏联卫国战争牺牲的红军战士。前面还有朱可夫元帅的骑马雕像，像似指挥千军万马向胜利挺进。无名烈士墓前鲜花盛开，圣火常燃。我们来瞻仰时，有数对穿着白色婚礼服的青年男女在亲朋好友的簇拥下在墓前拍照。他们或并肩、或拥吻、或相抱，摆出各种姿式，脸上洋溢着无限幸福，他们期望着为和平死去的人们保佑他们，他们也是在实践着那些长眠地下的先烈们的梦。

从克里姆林宫出来，我一直有一个问题迷惑不解。红墙内的教堂中埋着死人，红墙外的墓地也埋着死人，俄罗斯是一个很迷信的民族，可他们为什么会习惯于活人和死人同居一地，共享温馨呢？

阿尔巴特大街53号

在莫斯科，阿尔巴特大街是外国游客必到的地方。这是苏联时期就已形成的步行街，和纽约的第五大道、巴黎的香榭丽舍、上海的南京路一样著名。街不长，也不宽，两端设有栅栏，不允许车辆通行。街的两边都是店铺、酒吧、画廊。据说前几年这里还有赌场和暗藏的妓院，已经被政府取缔。因此，看起来已经没有从前那么热闹。两边巴洛克风格的建筑都十分古老，像似昔日贵族或达官富贾的宅第，现在已全部被改作商场。有卖俄罗斯民族特色服装的、有卖金银首饰特别是波罗的海特产琥珀饰品的、有卖裘皮、皮鞋和礼帽的，还有卖各式各样旅游纪念品的。如果你什么都不想买，来到这里也不会白来，你可以看形形色色的街头艺人表演，看街头画家们画画。我对这些都不感兴趣，来这里的目的只想看一看普希金的故居——神圣而平凡的阿尔巴特大街

53号。

我们来到这里的时候，已经是九月八日下午，按行程安排第二天将离开这座城市。对很多人来说，这可能是一生中到这里仅有的一次游历，一定要买些东西留作纪念或赠送亲友。导游带我们去了几家小店，但什么都没有买到。原因很简单，不是价格太贵，就是产品质量太差、品味太低。我在国内很多城市走过，在欧洲其它城市也走过，和这里的旅游产品比较，显然要高出好几个档次。后来，大家就到街头去看街头画家画画，据说过去也有很多来俄罗斯的中国人买了这里的油画作为纪念品，价格不贵，还能体现出送者和收者的品位。

街上有许多画摊，一字形沿街排开，但每个摊位都大体一致，都是一个个人字形支架，两米左右高低，两米长短，两边摆满画家自己的作品。尺幅大小不一，最大的不过四尺，小的只有几寸。大多装了画框，也有只撑木架的裸画。摊边支一个画架，周围放一个或几个小凳，供观画者休息，也是临时模特的座位。这里的画家大多都是全能高手，既可画风景，也可画人像，而且画得惟妙惟肖和照片一样。我们来时，有的画家仍在孜孜不倦地创作，大多画的是乡野别墅、城市教堂、古老钟楼，以及克里姆林宫、莫斯科河等等，也有少许的静物、少女、儿童、向日葵和野菊花。画家风格不一，但绘画水平大体相当，他们不是列宾美院的学员，而是来自俄罗斯各地乃至国外的民间艺术家。在这群街头画家中有一个人很令我感动，他是来自高加索地区参加过二战的老兵，只剩下一支胳膊且手指不全。他的画并不好，画面用色和构图显得技艺粗糙。可他却要自食其力，还得养家糊口，他努力把他记忆中和眼中所有的美好展示给世人，高加索的雪山，莫斯科郊外的田园，还有他的狗，以及邻居豆蔻年华的女孩。我已经忘记了他的名字，他的画摊上有张中文报纸报道过他的事迹，称他为俄罗斯最快乐的街头画家。我们用目光和手势进行交流，也借助翻译了解他生活和创作的境况。他说他喜欢这样的生活，自由、快乐。经过长时间的挑选，我们选了两幅油画和一幅水彩画，两幅油画是儿童人物，水彩画是莫斯科风光。风景画只花一千卢布，我笑说同伴花二百五十元人民币就把俄罗斯带回家了。

走近阿尔巴特大街53号，天色已经有些暗淡。这座并不高大也不显眼的二层俄式小楼十分冷清，楼边的大门已经关闭，只有角门开着，不时有住在院子里的人们出出入入。我向看门的老人求证，这里是不是普希金的故居？回答说是，可现在他没有房间的钥匙，无法满足我们参观的心愿。他告诉我们，普希金1830年2月买下这幢房子，楼上自住，楼下租给了一位朋友，因为那时诗人正处在经济困难之中。1830年，是普希金人生之中十分重要的一年。三十一岁的诗人结束了长达十年的南方流放和乡村幽禁重返都城，并经过长期努力，终于俘获了心仪女人娜塔莉娅·冈茨洛娃的芳心。之后又在他父亲的领地波尔金诺完成了长篇诗体小说《叶甫根尼·奥涅金》《高加索的囚徒》等重要作品。这幢房子就是他为自己购置的结婚新房。那时诗人生活相当窘迫，在新婚前夜他在写给朋友的信中说："我要结婚了，但我的经济状况很让我担忧，日子可能会很窘迫。"事实也正如他的预言一样，一位穷困的诗人和一位社交场上的名媛在这条街上浪漫地生活了一年，便因不堪生活重负不得不卖掉这幢房子，再次返回圣彼得堡，借住在朋友的皇村别墅里。在这段时间里他的诗歌创作也陷入了低谷，除少许排解忧闷的抒情短诗外，没有写出任何力作。阿尔巴特大街在诗人入住之前并不著名，自从普希金买下和卖掉这幢房子，安·雷巴科克在这条街上写出《阿尔巴特街的儿女》，以及后来的托尔斯泰，加加林等名人来到这里，才抬高了它的身价，使它成了莫斯科精神和思想领域的象征，变成了一条在全世界都有影响的文化街。现在普希金故居已收归国有，对外是普希金纪念馆，同时也是一个文化团体的办公场所。为了纪念这位伟大的诗人，莫斯科人在楼的对面竖起一尊普希金和夫人的铜像，选取的就是诗人携夫人走入婚姻殿堂的瞬间。一个英俊潇洒，一个落落大方，相扶相挽，十分幸福。我站在铜像下和世界上最浪漫、最有才华，也最悲情的诗人合影，想到他和丹特士的决斗，想他三十七岁就离开了这个世界，心里顿时产生莫名的怅惘。

夜宿"苏维埃"

　　飞机降落在圣彼得堡机场之后，华侨商会派一个女孩儿来接我们。她说她叫李惠，是四川籍广西桂林人，现在圣彼得堡医学院读研一，她在这座城市已经生活了六年，为了减轻父母的负担，兼职在这家旅游公司作导游。

　　圣彼得堡是俄罗斯的第二大城市，也是一座建在波罗的海芬兰湾沼泽上的水城。全城被七十多条河流分割成四十二座小岛，再由三百多座桥梁紧密连接。如果你在天空中鸟瞰，就像是一个巨大的舰队，蓄势待发。这座城市之所以著名，不仅因为它得天独厚的地理位置和独特的城市风貌，更因历史上在这里发生了太多惊心动魄的故事。彼得大帝用战舰和长枪从瑞典人手里抢下芬兰湾，在这里安营扎寨，并号令全国禁用石头，把所有石头都运到这里建造要塞。从1703年开始，凡是进入圣彼得堡的俄罗斯人，抑或是外国人都必须带一块石头，否则不准进城或罚以重金，这就是著名的"石头税"。这座要塞历时三年建成，如今仍在兔子岛上耸立，它是圣彼得堡的标志，也是这座城市历史的见证。1712年，彼得大帝毅然把首都迁到这里，随后二百年间这座水城便成了俄罗斯的心脏。1914年第一次世界大战爆发，德国人深深地伤害了俄国人的感情，一时间俄罗斯人民反德情绪高涨，他们不喜欢再用这个"堡"字，便把这座城市更名为彼得格勒。1917年，列宁在这里发动了十月革命，用阿芙乐尔号巡洋舰上的大炮向全世界宣告，沙皇时代已经结束。1918年3月，这里便成了废都。1924年列宁逝世，为了纪念他，苏维埃决定把这座城市更名列宁格勒，直至1992年苏联解体，在全民公决下又恢复了圣彼得堡这个名字。二战期间，这里还发生过震惊世界的列宁格勒保卫战，全城百姓和守城将士靠每天二十五克面包和德国法西斯对峙了八百七十二天，直至战争胜利。充分展示了俄罗斯人民坚强不屈，拼死反抗的英雄壮举，在世界战争史上写下了辉煌的一页。这里还有深厚的文化积淀，俄罗斯诗歌的太阳从这里升起，莱蒙托夫、高尔基也曾在这里生活和创作。如今这里已经成为世界的博物馆和艺术宝库，达芬奇、梵·高、毕加索的油画，罗丹的雕塑在这里都可以看到。这里还有独特的极昼和极夜，让人充分体会太阳的光亮和夜的黑。因此，它便成了每个旅游者都十分向往的地方。

车离开机场一直向北行驶，难得一见的阳光把平原森林中的道路照得雪亮。远处有村庄隐没，再远处是蓝湛湛的大海。司机告诉我，在这里晴天是很少见的，像这样阳光明媚的天气更少见。一年四季不是下雨就是下雪，看来你们是有天缘啊。我们团里有长春伪皇宫博物院的院长，我说不是我们，是伪满洲国的皇帝有天缘，他在俄罗斯呆过，俄罗斯的太阳认识他。大家哄然大笑。车行二十里便进了圣彼得堡市区，这是一座典型的欧洲风格城市，楼不高，路也不宽，但并不拥挤，远远望去就能看到要塞古堡的塔楼和教堂的金顶。时间已是午后三点，李小姐说我们先吃饭吧，于是就带我们来到一家中国餐馆。饭后继续前行，沿涅瓦大街一直走到涅瓦河畔，在一家叫作苏维埃的宾馆停下。这应该是一座现代建筑，是两块巨大的方砖立到一起，门前有一片不大的停车场，因为没车故而显得有几分空旷。在我们下车之前，大厅里已经有两伙客人，从面貌上看他们肯定不是俄罗斯人，正在两个柜台前办理入住手续。宾馆的门厅不大，门口站着一位穿着红色马甲的少年，在我们的车子停下的时候，他推着一辆行李车过来热情地帮助运送行李。我好感动，因为到俄罗斯这些天来还是头一次享受这样的服务。柜台上办理入住手续的速度很慢，我们在沙发上足足等了半个小时。办完手续便要拉着行李入住，这时那个少年走过来，让我们交付三十美金的运送行李费。至此我才明白，俄罗斯人不是在服务，而是在抢钱呢。穿过大厅，前面有两部电梯，上去才发现按钮上没有三楼标识，我十分愕然，后来才知道，我们入住的房间是在另一座楼里。

入住后最重要的事情当然是如厕，冲水时竟吓了一跳，那水是红的，像血。又打开脸盆上的龙头，流出来的依然是血。再打开浴盆，水红得更加厉害。我断定这间房子已经好久没有人住了。奔波一天，确实有点儿累，用锈水冲了冲身子便躺床上入睡。圣彼得堡的夜很静，闭上眼睛便进入了梦乡。可刚入睡不久，手脚便奇痒无比，一摸已鼓起豆大的红包，凭经验这应该是蚊子所为，可我打开灯时却怎么也找不到。躺下又睡，屁股和脊背再一次奇痒，又下床开灯，入侵者依然没有找到。这时我想，这里不愧是克格勃的国度，连蚊子都如此训练有素啊。

这一夜基本没睡，早上便早早地起床，再冲了个锈水澡。后来我才知道，这是一家不很古老的宾馆，建于上个世纪五十年代，是原圣彼得堡苏维埃政府的接待场所，如今联邦解体，加之遇到金融危机，经年未修，所以没了往日的辉煌。

寻找普希金

在我为诗歌痴迷的日子里，《普希金诗选》始终是我的案头书。那时，"文化大革命"刚刚结束，作为首届恢复高考的文科生，大多都开始了自己的文学梦。那本书皮残损，纸页泛黄的《普希金诗选》就是这时在一位老师那里淘来的宝贝。先是贪婪地阅读、背诵，之后拼命地抄录，渴望读过这本书一夜间就成为诗人。我的行为激励了自己，也感动了借我书的老师，于是它就长久地留在了我的案头，陪伴我继续我的诗人梦。三十年后，如果说中国诗坛给了我一席之地，还真要感谢普希金，感谢那位借我继而送我《普希金诗选》的老师。普希金是伟大的，他不仅是俄罗斯的文学之父，俄罗斯诗歌永远不落的太阳，也是那个时代世界诗歌的旗帜，全世界诗人的骄傲。他以诗歌为武器向沙俄政府宣战，唤醒一个沉睡的民族；他用他的真诚和智慧激励一代代读者走出困惑，走出忧伤，走向光明，走向辉煌。永远记得我背诵他的第一首诗的情景。那是一个寒冷的冬夜，窗外凛冽的北风挟带着清雪，我一个人坐在教室里就着惨淡的灯光诵读着《假如生活欺骗了你》，"假如生活欺骗了你/不要悲伤/不要心急/忧郁的时候需要镇静/相信吧/快乐的日子将会来临//心儿永远向往着未来/现在却常在忧郁/一切都是瞬息/一切将会过去/而那过去的/将会成为亲切的怀念//"。读着读着，眼泪就顺着面颊流下来。我深切地感到这首诞生在一百多年前的诗，不是诗人写给他邻居那位漂亮女孩儿的，而是写给异国他乡我的。我想到了自己摇晃着鞭杆和猪群一起奔跑的童年，想到了早逝的父母，想到了依然留在乡下过着艰苦生活的姐姐和弟弟，想到自己在感情上的挫折和择业将面临的艰难处境。我放下书本大声地背诵，每一遍都让我无限激动，这是我第一次感受到诗人和诗歌的伟大。但当我冷静的时候，还是没有想清楚为什么"假如生活欺骗了你"，还"将会成为亲切的怀念"呢？直到有一天，我已经远离了苦难，从一个少年、青年变为中年，从一个孩子变成一个男人、一个父亲，我才理解了"不幸是人生最大的财富"和普希金"而那过去了的，将会成为亲切的怀念"的真正含义。

这次到俄罗斯访问，我最大的心愿是能沿着诗人的足迹来感受"俄罗斯诗歌太阳"的辉煌。9月6日，代表团踏上俄罗斯的国土，来接我们的是中国一汽驻俄办事处的应福林。

见面，我问了一下行程，他说在莫斯科的三天里我们要参观克里姆林宫、红场、麻雀山、莫斯科大学、历史博物馆，还有我们此行最大公务的所在地——俄罗斯国家档案馆。我说，能不能到普希金出生的地方看看？他和同行的翻译都说时间不够，那里离莫斯科太远。我想，我和我的崇拜者无缘，只好作罢了吧。可后来随团的翻译告诉我，普希金的故居虽不能去，但他在莫斯科城里住过的地方还是可以看一看的。还有，我们还要去圣彼得堡，那里有普希金读书的皇村中学，还有他生活和创作许多重要作品的皇村别墅。好，我暗想如能如此也不算白来。在阿尔巴特大街寻找的过程，我已在《阿尔巴特大街53号》作过描述，来到圣彼得堡寻找诗人遗迹依然费了很多周折。

那天上午，按日程安排我们去普希金城参观夏宫。普希金城是位于圣彼得堡南部的一座皇家花园，距圣彼得堡市区有24公里的路程。这座公园始建于1710年，是彼得大帝送给他的妻子叶卡特琳娜的一个皇家花园，原名皇村，因为普希金于1811年至1817年间曾在这里一所著名的贵族中学读书，并在这里生活和创作，在1937年普希金诞辰100周年的时候，为了纪念这位伟大的诗人，将这座公园改为普希金城。据说，这里有一处诗人文物保护区，区内有一些值得纪念的地点和几座诗人博物馆。可遗憾的是当提出去诗人故居的时候，圣彼得堡的导游竟说她不知道这个地方。好在这个四川女孩儿十分热情，她向同行到处打听，到了决定我们去皇村的时候，她已经搞清了它的位置。车子开进普希金城后，导游指着路边立有四根柱子的黄楼说，这就是普希金在皇村的故居，等一下我们回来再看。然后就带我们去看叶卡特琳娜宫，也就是夏宫。这是一座建造在海边的皇家别墅，典型巴洛克风格的建筑，据说是彼得大帝亲自设计的，远远望去，金碧辉煌。夏宫园外不远处有一座四层楼房，这就是原来的贵族中学，现在的普希金中学。普希金十二岁到这里读书，并以诗歌《皇村回忆》一举成名，展示出超人的诗歌写作才能，得到了俄国浪漫派诗人巴丘什科夫和茹科夫斯基的高度赞誉，奠定了他后来成为天才诗人的重要基础。在他那时的作品中，充分体现了对自由主义的追求和对沙皇专治的反抗。普希金在中学毕业后到彼得堡外交部供职，并参与了十二月党人的"绿灯"文学社，写下了许多反对农奴制、讴歌自由的作品，如《自由颂》《致恰达耶夫》《乡村》等。这一时期他还创作了《鲁斯兰和柳德米拉》等童话叙事长诗，取材于民间故事，运用民间语言，背叛古典主义，向贵族传统发出挑战。在他被沙皇发配俄国南部任职之后，又相继写出了《短剑》《囚徒》《致大海》《强盗兄弟》等著名诗篇。沙皇当局对他的所作所为实在忍无可忍，于是把他流放到他父母的领地米哈伊洛夫斯克村幽禁了两年。他除了在家享受亲情之外，还于1825年创作了俄罗斯文学史上第一部悲剧《鲍里斯·戈都诺夫》。直到1831年，他才带着妻子纳塔利娅·尼古拉耶芙娜·冈察洛娃回到皇村，并租住在朋友的别墅里，也就是我们要寻找的皇村别墅。

吃过午饭，我们沿原路回返去寻找诗人故居。可当车在那立有四根圆柱的楼前停下时，又一次失望了。楼门紧闭，门前静悄悄的，导游说可能今天没开门，我怔了怔，只好自认倒霉。但是，来了也不能白来啊，看不到里面就把外形装到相机里带回去吧。就在大家相互拍照的时候门开了，出来了一个俄罗斯妇女，我和她打了一个招呼，可那不标准的英语连自己都没听懂，难怪人家笑了一下就离开了院子。推门进去更加惊愕，里边原来是一个教堂。同伴进来，说话声音很大，前面出来一位牧师并打了一个安静的手势。我看看宽敞的大厅，墙上的图画，再看看边上神职人员的工作室，想这里怎么可能是普希金的故居呢？我叫来导游，无奈地请求她帮我和神职人员对话。回答说，这里的确不是普希金故居，是教堂，是普希金死后许多年才建的。普希金故居还在前面，是一座更黄的楼房。导游一脸尴尬，说她真的不知道，从来没带客人来过。我听说把皇村改为普希金城时，曾经为诗人骄傲，此刻却不得不为诗人悲哀了。但这不能怪这位真诚的中国女孩，她是无辜的，她是我在国外遇到的最认真的导游。要怪只怪时代的堕落，现在的诗人和诗对于这个充满铜臭和浮躁的社会，再也比不得把皇村改为普希金城的一百年前了。

到了普希金故居，门前还是一个人也没有。门上还挂着牌子，导游和翻译都说，那上面写的是每周一、三、四、日开放，其余时间不接待客人。倒霉！又在栅栏外照了相，可心仍不死，它怎么就不开呢！于是就围着栅栏在外观看，先是发现有人在为栅栏刷油漆，之后又是发现在花园的长椅上有人坐着。想问，语言不通。再围着栅栏向后转，转到后面又发现两个俄罗斯老妪在院子里徘徊。再后来又发现，离我们停车不远处有一个小门，开着。我叫来翻译一同进去，原来这里是开放的。管理人员把我们引进楼内，买票，讲解，几个老女人忙得不亦乐乎。她们告诉我，1831年，普希金带着妻子只在这里住了五个月，之后就搬走了。他来时他的朋友也就是这座别墅的主人送了他许多家具和生活用品，现在都摆在他生活过的房间里。还有他读过的书，他自己的书，以及他用过的东西都是原物。我又细看了那些物件，除书和部分手稿外可能连一件都不会是真的。但墙上他的妻子、果戈里、还有上尉女儿的照片以及女儿的画像肯定是真的。

离开普希金故居，我心里久久不能平静。想，一个诗人能被命名为一个城市的名字，特别是代替了皇家园林的名字，是何等之荣耀！可现在人们只知道这个小镇，却不知道他的故居在哪儿？甚至无人问津，这又是何等之悲哀。这时，我想起诗人写于1836年，也就是他去世前一年写下的一首诗《纪念碑》。"我给自己建起了一座非手造的纪念碑/人们走向那里的小径永远不会荒芜/它将自己坚定不屈的头颅高高昂起/高过亚历山大的石柱//不，我绝不会死去，心活在神圣的竖琴中/它将比我的骨灰活得更久，永不消亡/只要在这个月照的世界上还有一个诗人/我的名声就会传扬//整个伟大的俄罗斯都会听到我的传闻/各种各样的语言都会呼唤我的姓名/无论骄傲的斯拉夫人的子孙，还是芬兰人/山野的通古斯人、卡尔梅克人//我将长时期地受到人民的尊敬和爱戴 /因为我用竖琴唤起了人民善良的感情/因为我歌颂过自由，在我的残酷的时代/我还曾为死者呼吁同情//啊，我的缪斯，你要听从上天的吩咐/既不怕受人欺侮，也不希求什么桂冠/什么诽谤，什么赞扬，一概视若粪土/也不必理睬那些笨蛋//"。

    这是我最喜欢的一首诗，也是最能体现诗人襟怀的一首诗。默念着，瞬间诗人高大起来。摇摇头，苦笑一下，忽然释怀。

艾尔米塔什博物馆

　　如果说莫斯科是一座森林之都，那圣彼得堡就应该算作一座水城。涅瓦河从拉多加湖起步，蜿蜒百里流进波罗的海的芬兰湾。入海之前在圣彼得堡这个地方分成无数支杈，在这片湿地上孕育了千古文明。这座始建于17世纪初的城市，由四十二座小岛，七十条河流和水渠，四百二十三座桥梁，以及无数欧洲风格的古典建筑构成。在欧洲，它被称为北方的威尼斯。它是俄罗斯的第二首都，从1712年至1918年俄国十月革命胜利之前的两百年间，俄罗斯的皇帝一直住在这里。在这里，无论是皇宫、教堂、还是城堡，都不高大，但是风格独特，既有欧洲的庄严雄伟，又有俄罗斯的恢宏大气。时下已是初秋，河道和街路上已有落叶，但树依然很绿，河水依然很绿，看不到太阳的天空让人感到几分忧郁。导游说，你们如果冬天来就不会有这样的感觉了，冬天经常下雪，在白雪的映衬下，那些金碧辉煌的皇家建筑更能显出这座城市的华丽与高贵。在这些皇家建筑中，最著名的当属冬宫，也就是坐落在涅瓦河畔的艾尔米塔什博物馆。

9月11日，大清早我们就冒着淅沥的秋雨来到这里。下车的地方是冬宫门前的冬宫广场，高高的亚历山大记功柱和涅瓦河对岸的古堡高塔就像两把利剑守卫着这座宫殿昔日的辉煌。冬宫始建于1754年至1762年，1837年被大火焚毁，1838年重建，第二次世界大战期间再次遭受德军破坏，但战后得到很快修复。现在我们看到的应该是世界上目前保存最完好，也是最气派的皇家宫殿。这是一座封闭式长方形建筑，占地九万平方米，宫殿长二百三十米，宽一百六十米，高三层、二十二米。宫殿共有一千零五十个房间，一千八百八十六道门槛，一百一十七个楼梯和画廊。内院是一个长方形的广场，和世界所有皇宫一样，视野通透，连一棵树、一簇花都没有。宫殿四周有两排廊柱，雄伟壮观，屋顶上镶嵌一百多樽花瓶和雕像，典雅别致。宫殿的出口面向冬宫广场，是三个拱形门廊，顶端是一组阿特拉斯巨神群像，门是厚重的黑色铁门。可它并不能保护沙皇政权世代相传。1917年2月，被资产阶级临时政府占据，九个月后，十月革命一声炮响，布尔什维克又是从这里攻进冬宫，将苏维埃红旗插到了阿特拉斯神像之上。由此，这座象征皇权的建筑永远失去了它的政治功能，而成为了和巴黎卢浮宫、伦敦大英博物馆、纽约大都会艺术博物馆齐名的文化艺术宝库和殿堂。

　　其实，这座宫殿只是艾尔米塔什博物馆的一部分。此外，还有艾尔米塔什、旧艾尔米塔什、新艾尔米塔什、艾尔米塔什剧院、以及外面的冬宫广场，这才是整个艾尔米塔什博物馆，或者说是过去的沙俄皇宫。那么，这里为什么不叫皇宫博物馆而叫艾尔米塔什博物馆？我对这个问题始终画有问号，但担心俄国导游笑我孤陋寡闻，直到要离开俄罗斯的时候才向李惠小姐请教。她说，艾尔米塔什是法语"隐宫"的意思，当年沙俄女皇叶卡特琳娜二世十分喜欢绘画，她从她的家乡德国柏林购进了著名画家伦伯朗、鲁本斯等人的二百五十幅油画，挂在冬宫的艾尔米塔什（隐宫）里，随时进来观看。叶卡特琳娜二世是沙俄帝国辉煌时期的女皇，也是俄罗斯历史上能征善战、开疆拓土的功臣。同时，她也是骄奢淫逸、贪欲十足的女人。继伦布朗、鲁本斯等德国画家作品之后，她从意大利、法国、英国、荷兰、比利时等地掠夺大批艺术品存放在这座隐宫里，供她欣赏把玩。一座隐宫放不下再盖一座。所以，旧艾尔米塔什、新艾尔米塔什就这样随着一代代沙皇贪欲的扩大建造起来。艾尔米塔什也就成了原皇宫博物馆的名字。

　　艾尔米塔什博物馆现收有包括古埃及、古罗马以及史前的雕刻、绘画，意大利、法国、俄国、英国古典油画，古钱币、陶瓷、金银饰品、象牙珠宝、古代家具、器皿、艺术品300万件，分八大类若干个小类陈列在三百五十个展厅中。

为了让我们在仅有的半天时间里能看到更多的艺术珍品，领略艾尔米塔什馆藏的丰富，中国导游又花钱为我们找来一个俄罗斯兼职导游。他是一个出生在圣彼得堡、长在圣彼得堡的俄罗斯小伙子，今年二十三岁，是圣彼得堡大学东方语系的研一学生，并曾在中国的天津大学交流一年。他的汉语说得非常流利，如果不看他那张俄罗斯脸，你会认为他是中国人，至少也会认为他是中国台湾人或中国香港人。他自我介绍说他叫保尔，他说这是他父亲给起的，他们那一代人都有英雄情结，故而就为他起了这个名字。他对俄罗斯历史十分了解，对艾尔米塔什更了解，他说半天时间别说把这里的东西看完，就是把所有的房间都走完也不可能。三百五十个展厅展开再加上过廊的距离，比从冬宫走到市郊的夏宫的距离还远。不要说看完所有展品，仅1.5万张油画、60万幅线条画和1.2万幅雕刻作品，每件作品欣赏一分钟，要三年才能看完。大家面面相觑，无不为馆藏之丰而惊叹。保尔说我们不能按常规参观，这里每天这个时间都应该有上百个团队和无数散客，加起来也有上万人，和他们挤在一起不仅听不到我的解说，连看清墙上的作品也困难。这时我想到了早上在外面排队的情景，从入口到冬宫沿涅瓦河的一侧有二三百米的长队，且是三四人并列的。我们的中国导游没让我们排队，她说她这里有个作保安的朋友，等一会儿他可以带我们从左侧的便门进去。当时雨已经下得很大，那些排队的人都没有打伞，也不拥挤，可见这些来自各地的人对俄罗斯历史、文化和艺术的热衷以及自身的文明。我们在小雨中等了好长时间保安才到，他和中国导游用俄语交流了一会儿，但并没让我们马上进去，直到保尔到来才带我们一同走进艾尔米塔什。

小伙子选择的路线确实与其他团队不同。从博物馆大门进入大厅之后，我们直接去了二楼的古罗马厅、希腊厅，然后去埃及厅，再到意大利厅，再去法国厅、俄国厅、徽章大厅、基奥勒基叶夫斯基大厅。所到之处很少与别的队伍相撞，即使偶尔相遇也只是一伙两伙，讲解并不受影响。在这些展厅里，先后看到了古罗马、古希腊的雕像，古埃及的陶器、石棺、木乃伊，意大利文艺复兴时期的油画，俄罗斯的古代服装，各类珠宝等等。其中拉斐尔的油画《圣子与圣母》、达芬奇的《拈花圣母像》，十四世纪的孔雀石金钟，以及圣彼得大帝雕像等印象深刻。保尔说这几件都是镇馆之宝。在他的讲解过程中，我注意到这样一个细节，即由始至终都在不断地强调，这些艺术珍品都是他们的祖先从十八世纪开始，从世界各地买来的。其实，有一点历史知识的人都知道，俄罗斯从彼得大帝开始，直到历代沙皇都在不断扩张，连脚下圣彼得堡这片土地都是从芬兰人手里抢来的，何况这些来自世界各国的珍宝。我问这里有没有中国厅，小伙子说有，可今天没有开，因为那里正在修缮。我不知道是真的没开，还是小伙子怕伤害我们的感情。据说，中国厅在这个博物馆里不算大，但其中却有一幅和西方古典绘画媲美的敦煌壁画。壁画是用机械切割下来的，装在一个精制的木柜里。他们从哪儿得来无人知晓，但有一点可以肯定，那是八国联军入侵中国时抢来的，祸首是谁亦不可考。

写到这里，我还是想说一说艾尔米塔什这座建筑的辉煌。过去有很多人写文章作过介绍，描述它的气派大厅、大理石廊柱，特别是金光闪闪的楼梯，即著名的"约旦阶梯"。其实，这座典型的巴洛克建筑，到处都能显出它的华贵，孔雀石、碧玉、玛瑙在每一个大厅中都随处可见。比如，比较典型的孔雀大厅，就用了两吨孔雀石，拼花地板用的全是名贵木材。工艺的精湛更让人叹为观止，就连广场上那根47.5米高的亚历山大记功柱都是用六百吨重的整块花岗岩雕成。从人类文明的角度，艾尔米塔什这座建筑和它丰富的收藏，都是人类智慧的结晶，亦是全世界共同的财富，但它同时更是俄罗斯沙皇疯狂掠夺的历史象征。历史是没人可以篡改的，不论你矢口否认，还是拼命掩饰都无济于事。

我们走出艾尔米塔什的时候，天已经放晴，涅瓦河水静静地流淌，天空中盘旋着几只象征和平的鸽子。走在这片曾经充满血腥的土地上，我真希望历史永远也不要重演。

彼得大帝和叶卡特琳娜

在圣彼得堡艾尔米塔什博物馆有一个御座大厅。在大厅的墙上，挂着一幅用4.5万颗钻石镶成的俄罗斯地图。它的形状就像俄罗斯的国徽，是一只张开翅膀的双头鹰，它的羽翼东端直抵白令海峡，而西翼之下覆盖了大半个东欧。站在这个大厅里，用想象把它和世界地图复合在一起，没人不为俄罗斯国土之大而惊叹。而回望历史，这个国家当年绝没有这么强大。当中国元朝的皇帝成吉思汗、忽必烈率领军队横扫欧洲，扎营地中海的时候，俄罗斯还是东欧内陆一个积贫积弱的小国。而盛有世界五分之四淡水的贝加尔湖是中国的，包括江东六十屯在内的远东大片森林土地乃至海洋是中国的，连接北欧的大片森林湿地以及芬兰湾是瑞典的。那么，这样一个小小的大公国，是如何强大的呢？为我们解说的俄罗斯导游满怀自豪地说，俄罗斯民族的强盛要感谢历史上两个有巨大作为的皇帝，一个是彼得大帝，一个是叶卡特琳娜二世。

1689年，在莫斯科红墙内的皇宫里，一个高大英俊且又充满智慧的少年在经历血腥的斗争之后，成了此前俄罗斯历史上最年轻的沙皇。八年后，二十五岁的他组织大批仁人志士乔装打扮潜入西欧，在那里进行长达半年之久的考察。在荷兰，他到造船厂里去当工人，给船老大们打下手。这个人自幼聪颖，少年时就自己用木料盖过房子。他又胸怀大志，卧薪尝胆，在船厂里不仅很快就掌握了造船技术，还被神奇地评为"优秀工匠"。直到俄罗斯人把战船开进了地中海，荷兰人才知道他们曾经的"工匠"是俄罗斯的沙皇。他和他的团队从欧洲带回了先进技术和管理国家的经验，回国之后他不再满足自己的皇位，不再满足自己的版图，把眼睛盯上了欧洲，盯上了大海。他找来他的大臣，对他们说，我们的国家太落后了，落后就要挨打，从现在起我们要向西方学习，要把国门打开，让仁人志士进来。老臣们惊愕了，他们知道他们的末日到了。可有什么办法呢？这个人是少年气盛的皇帝，是足智多谋的皇帝，和他作对等于找死。于是，他们只好举起双手，一阵欢呼之后，这个古老的公国向西方敞开了大门。大批科学家和能工巧匠来到俄罗斯，带领俄罗斯人建军队、建工厂、建学校、建报馆。他的举动引起保守派特别是至高无上的教会的强烈不满。可这个初生的牛犊并不惧怕这群老虎，他颁布法令，强行将教会置于皇权之下。那是一个充满血腥的时代，也是一个充满激情的时代，拥护者、追随者一夜成为宠臣，成为英雄，反对者、阻挠者杀无赦。一系列改革使这个古老贫穷落后的小国焕发出无限生机，军队强大了，拥有舰艇和火炮，百姓富裕了，不再为吃穿发愁。更重要的是他们知道了外面的世界多么精彩。于是，1700年，这位二十八岁的沙皇向瑞典宣战，他要夺取梦寐以求的芬兰湾，为他的国家找到一个出海口，这场足足打了二十一年的战争，就是著名的"北方大战"。1721年，他终于把波罗的海拥入怀抱。站在涅瓦河畔，四十九岁的沙皇仰天长啸，天不负我，我未负祖先。此间，他毅然将首都从莫斯科迁到圣彼得堡，在河湖密布的海边建起一座水都。这个人就是彼得大帝。

　　叶卡特琳娜不是俄罗斯人，她的父亲是德国公爵，她的原名叫索菲亚·弗雷德里卡·奥古斯特。十四岁时她随母亲来到俄罗斯，并信仰东正教，改名叶卡特琳娜。1744年，俄罗斯女皇伊丽莎白为她的继承人彼得三世挑选妻子，这个有着高贵血统又深受贵族们喜欢的德国女孩儿便成了后来新一代沙皇的皇后。在她和彼得三世一起生活的十八年里，生活得并不幸福。储皇宠爱情妇，不仅仅让她吃醋，还经常在众人面前对她进行羞辱。1762年年初伊丽沙白女皇去世，储皇彼得三世登基。同年6月，三十三岁的叶卡特琳娜在近卫军军官的帮助下发动宫庭政变，并神秘地将彼得三世处死，自立为沙皇，成为俄罗斯帝国第一女主人。由于她深受法国启蒙思想家孟德斯鸠、伏尔泰、狄德罗的影响，思想十分激进，不守法度，向往自由。同时，她又是彼得大帝的忠实崇拜者，崇尚西方，积极改革，全盘西化。特别是在政治上实行"开明专制"，对内安抚贵族和百姓，倡导自由、平等、慈善、公正；对外积极寻求和平和友好。先后取消彼得三世对丹麦的宣战令和1762年6月与普鲁士签订的军事同盟条约，撤回军队，并召见奥地利和法国大使，以示友好，为恢复国力，成就日后霸业蓄积力量。到18世纪后半叶，靠她的智慧，已经让这个东欧平原上的古国成了一个地道的欧化国家。她生性好斗，能征善战。在位34年，用她的战车和大炮，用她的马队和舰艇，先后将高加索、亚美尼亚、克里米亚、立陶宛、白俄罗斯、波兰均收入囊中。这样她还不满足，在她临死的时候，还对她的大臣们说，天不佑我，如果再让我活上二百年，我会让整个欧洲都成为我送给俄罗斯的嫁妆。

在圣彼得堡许多地方都能见到这两个人的塑像。彼得最英武的一尊应该是伊萨克教堂广场上的骑马座像。骏马前蹄高腾，作飞奔之状，彼得紧勒住马缰，目视前方。而叶卡特琳娜二世塑像最有趣的一尊，当在涅瓦大街的花园中。这是一尊立像。女皇长发披肩，长裙拖地，左手提裙，右手握剑。裙下一群神态各异的男人，据说都是她的情人。这些人生前马首是瞻，死后也依然厮守。尽管这样，俄罗斯人却把她看作女杰，没人骂她荡妇。这就是东西方的文化差异啊。

中国也有女皇，也创下了丰功伟绩，可她因为未守妇道，留下的则是千古骂名。

溥仪写给斯大林的两封信

这次出访的重要任务之一，就是到俄罗斯查找溥仪在苏联关押期间的档案。9月6日，登机之前翻译就告诉我，中国驻俄使馆已和俄罗斯国家档案馆联系，9月7日即可前去查阅溥仪在苏联的相关档案。并特别说明，其中有溥仪写给斯大林的两封信，是研究末代皇帝的重要史料。

1945年8月，苏联对日宣战。听到这一消息十天之后，溥仪抛下婉容和李玉琴，带着几个亲信仓皇出逃。他们乘坐小型飞机直奔沈阳，期望在那里换机再去东京。可他没想到的是苏联红军已经占领沈阳机场，他们一出舱门即束手就擒。翌日，他们一行被押往赤塔，开始了在苏联的俘虏生活。那时正是苏联斯大林主政时期，中苏关系十分复杂。一方面是美国支持的国民党，一方面是苏联的盟友共产党。溥仪被押解赤塔之后，两个共产党组织便取得联系，决定把这批伪满要员暂时在苏联关押。先是赤塔，继而伯力，最后是远东第45特殊战俘收容所。他们九人在苏联关押了五年，虽然受到诸多优待，但仍然寝食不安。特别是溥仪，他知道自己已经对中华民族犯下滔天大罪，先是签订了《日满议定书》，将东北的所有主权拱手相让，使近百万平方公里的土地成了日本帝国主义侵略中国乃至亚洲各国的军事基地。随后又颁布《回銮训民诏书》《国本奠定诏书》，推行殖民政策，让中国人沦为日本人的奴隶。所以，他始终在想，中国无论共产党和国民党谁战胜谁，对他来说都是同样的结局，他都会受到审判。为了逃避惩罚，他决定留在苏联。他在放风时对他的随从们说，我已考虑许久，我们只有留在苏联才能保全性命，否则必定命丧黄泉。于是，他命他的弟弟溥杰给斯大林元帅写信，要求长期留居苏联。这封信交给沃罗阔夫之后就没了下文，这令溥仪十分沮丧，但他仍不死心，亲自上书。一封不行，再写一封，共写十几封之多。上层路线走不通，他就开始贿赂看守，把从长春出逃时带的金银珠宝送给苏联人，以期不受虐待，并能长期留在苏联。据说溥仪在苏联的五年里，共行贿各种珠宝一百八十余件。目前，这些文物一部分在俄罗斯国家博物馆，一些仍散落民间，也就是当年那些看守的后代手里。溥仪被遣返回国的时候，只带回四百六十八件归还给国家，据说大部分在沈阳辽宁博物馆。

九月七日，我们一行在大使馆的安排下来到了俄罗斯国家档案馆，接待我们的是两位女士，一位是副馆长耶芙卡娜，一位是办公室主任拉末柳塔，虽然语言不通，可从眼神和举止即可看出她们的友善和热情。我们通过翻译进行交流。馆长说溥仪在苏联的档案有几十卷，她们只是按照中国大使馆的要求查阅了其中的相关内容。并找出了溥仪于1947年12月和1949年7月写给斯大林的两封信。我认真地进行阅读，两封信内容大体一致，但笔迹不同。猜想应该是一封出自溥仪之手，一封出自溥杰之手。因为他们哥俩的字我都见过，大体不会有错。兹将两封信附录于此——

其　一

苏维埃联邦社会主义共和国政府请愿书

余兹再三以最大诚意与热烈之希望，恳请苏维埃联邦社会主义共和国政府，俾遂余能长期居住于苏联邦内，得以研究新学识，此余惟一之夙愿，故不顾繁渎，更申言之。余今年已四十有一矣，回忆幼时，曾为中国之皇帝，后又被迫为满洲之傀儡皇帝。统计余之生平，皆在腐败官吏、野心军阀，以及帝国主义者之包围压迫下，身受其蹂躏榨取者，亦既半身矣，完全陷在黑暗悲惨之环境内，真乃呼吁无门，离脱无术也。兹幸在一九四五年，因苏联邦之仗义出师，一举而击破根深蒂固之日本关东军，不独解放全东三省之人民，即余亦因此而得脱去日本军阀之桎梏，此余精神上之生命复活也。

迨至一九四六年，蒙苏联邦当局允许余赴东京，而为对裁判日本战争犯罪人法庭之证人，因得一洗十余年来之积恨可耻，此更余所引为意外之欢喜及幸福者也。此皆苏联邦之所赐也。故余对于既拯救余之生命，并允许余为精神上之刷洗两事，实为余极端感激而不能忘者，是以此后余愿以一介人民之资格，愿对于苏中两国人民之永远亲爱，永久团结，永久幸福事项，愿尽余全心全力，而努力前进，此即余感谢苏联，并愿酬报苏联之处者也。

以上乃余之至诚决意，是以再三申请，敬候核夺焉。余并以此重表余至大之谢意。并敬祝斯大林大元帅之福祉并健康。

并敬祝全苏维埃联邦人民之福祉及永久之繁荣。

一九四七年十二月九日

其　二

克里穆林宫　莫斯科

内阁总理斯大林大元帅阁下：

我觉得非常光荣给您写这封信，同时我因为阁下在内外一切国务极繁忙之际是非常抱歉的，但是我衷心对您素日的爱慕和我至深感谢之意，并且我最希望居住苏联邦，所以我再三向您表示我的心怀。

我以前在满洲时代，在日本军阀层层监视之下，我不能同人民自由联络，即个人之生活亦是受他们的限制，因此我对于苏联邦的真实情形是不可能知的，所知道的是片面的虚伪宣传，一到苏联邦之后，我方知道苏联真实的面貌。因此，更判明日本人对人民和我作如何的欺蒙。

我在满洲，名为皇帝而其实是日本关东军的俘虏。当我回忆到一九四五年苏联邦为拯救全世界人类开始向日本帝国主义进击的第一天，日本军阀即强迫我往通化，彼时我虽不知苏联究为何种国家，但是我的心中想，虽然是所谓的"我的帝国"即因此而崩坏，亦是我愿意的事情，因为谁能驱逐了日本的关东军，谁就是人民和我的朋友。日本军阀更强迫我赴日本，不意在奉天为苏军所解救。先至赤塔后移往伯力，备受苏联当局内务局长及所长以下全员种种厚待，一切皆甚安适。彼时我方开始读苏联各种书报，在我四十年第一次读您的著作《列宁主义问题》和《共产党历史》等书，我方认识苏联邦真是全世界上最民主、最进步的国家，而且是各劳动人民和全世界被压迫民族的救星和柱石。

我对于《保卫祖国战争》一书极启发我的见识，您的英明的预先判断德国希特勒匪徒的必然崩溃，更见您从容的指挥全面一切军务国务的事实，更挽救了全世界人类免受德国和日本法西斯匪徒覆吞的危险。苏联政府更宣布废止死刑，这是维护人道上开世界上空前的新纪元。在战后树立五年计划，于诸般复兴事业几超过战前水平，又屡次降低物价，苏联人民在物质上的丰裕生活更是蒸蒸日上，全体人民享受着真正民主、自由、平等、幸福的权利。各种不同民族在苏联邦内如同一丰裕的大家庭，并且苏联邦对于全世界各劳动人民和各弱小民族的同情和援助，并种种不能例举的功绩，早印在全世界上各劳动人民和受压迫的民族每个人的心里。兹举一例，中国人民依共产主义方得到今日之民族解放自由及独立。即以满洲人民和我个人而论，如不蒙您的援救，早为日本军阀所覆吞。又蒙苏联政府允许我赴日本在国际军事法庭作证言人，说明满洲人民十三年中所受之种种痛苦和耻辱。所以我对于政府和您的衷心感谢和钦佩，那是极当然的，真是说不尽的。在前曾提出请求愿留居苏联邦，虽尚未蒙答复，可是我自己认为，同苏联人一样的关怀和尽心苏联的发达和兴盛，并且我愿意同苏联人一样的工作和努力，以报答您的厚恩。因此，我衷心盼望您允许我居住苏联邦内。

现在我向您再郑重表示最大的感谢和敬意，并愿您长寿，为了全世界劳动人民的幸福和全苏联邦人民的福祉。

我敬祝全苏联人民的永久幸福和兴盛，并敬祝您永久健康和幸福。

一九四九年七月廿九日 溥仪 于伯力市

从这两封信的内容看，溥仪虽为封建皇帝和傀儡皇帝，但他还是一个有良心的中国人。他对日本帝国主义，对封建腐败官吏，对杀伐场有着清醒的认识。并在苏共的影响下对马克思列宁主义有了初步的了解，这对于他回国后能很快实现由皇帝到公民的转变应该起到了重要作用。他在符拉迪沃斯托克关押期间曾被送往日本东京远东国际军事法庭作证，他在庭上陈述了日本帝国主义奴役满洲的计划和实施过程，详述"9·18事变"后日本人如何强迫他去旅顺，又怎样挟持"到长春作"满洲国皇帝，以及如何被日本人监视、左右，失去人身自由。特别是在讲到日本人杀害他的妃子谭玉龄时，情绪失控，破口大骂，并拍打证人台。他说，当我拿着天皇裕仁送我的神器宝剑和镜子回家时，家里人都哭了，这是我这一代人的耻辱。日本战犯的辩护律师认为这是攻击天皇和祖宗。溥仪严辞回击："我并没有强迫他们把我的祖先当他们的祖先！"幽默的反击竟引得法庭哄然大笑。由此可见，他为了达到复辟的目的，虽然出卖过祖国和民族的利益，但省悟之后还不失中国人的立场，这对于一个封建皇帝来说已实属不易。

情醉明斯克

　　1992年，白俄罗斯独立之后，他们的首都明斯克市便和长春市签订了友好城市协议书。那时两个相对封闭的社会主义国家的国门都刚刚打开，两座城市缔结友好，无论对于官员，还是对于百姓，都是一件新鲜事。十几年来，两座城市虽然相隔千山万水，但一直保持着高层互访，并开展了多渠道的文化交流和初步的经济合作。在长春高新技术开发区里有个中俄科技园，就有中国和白俄罗斯合作的项目。这次出访的主要任务之一，就是代表长春参加明斯克市纪念建市942周年的市庆活动。

　　9月11日，我们取道圣彼得堡进入白俄罗斯。那是一个难得的晴天，在天空上飞行的时间正是当地的下午，从飞机的舷窗下望，遍地是森林、湖泊和河流，村庄、城镇乃至于较大的城市稀疏地隐现在树林之中，道路是时断时续的白线，那些大大小小的建筑就像串在项链上的珍珠。所有同行的长春人无不为这个国家的生态和资源所震撼。

晚上九点，飞机降落在明斯克机场。负责接待我们的明斯克外办和列宁区的同志已等在机下。坐上摆渡车，翻译告诉我，来接我们的两位，一位是外办的阿拉金娜，一位是列宁区的副区长兼办公厅主任瓦洛加。另外，列宁区的代区长阿那托里，正在机场大厅等候呢。我们走进大厅，一位白俄小姐捧上一大捧鲜花，阿那托里迎上来握手拥抱。阿那托里是一位高大帅气的白俄罗斯汉子，据说年轻时曾是白俄罗斯国家青年男子篮球队的队长，退役后被分配到国有企业工作，从一般干部做到企业厂长、党委书记、区委委员、常委、区委书记。苏联解体后，许多党员纷纷退党，在他从前工作的企业只有他和另一名党员依然坚持自己的信仰，直到现在他俩还经常一起过组织生活。后来因为工作出色，业绩突出，他被调到区里工作，担任经济委员会主任、副区长、现在是代区长。这位出生在上个世纪50年代末与我同龄的阿那托里，非常爽快健谈，进城的路上他始终谈笑风生，介绍独立后的白俄罗斯，介绍明斯克，介绍列宁区，介绍他区里的企业，如数家珍，言语中充满自豪和自信。他告诉我列宁区是明斯克九个城区中最大的区，是工业集中区，白俄罗斯最大的拖拉机厂、糖果厂、酒厂、服装厂等等都在他的区里。他说他的区里没有下岗职工，不存在失业问题，有劳动能力的人只要想工作都能找到活儿干。他说列宁区是首富之区、首善之区，所以这次尼古拉代市长才责成他们来接待长春代表团。路上我还向他提问了一些明斯克市以及整个白俄的有关问题，他能回答的当即作了回答，说不清的，就挑挑眉梢、瞪大眼睛说，"我一直在区里工作，对区里的情况还比较熟。"我感到有些失礼，让代区长感到了尴尬，自己也十分不好意思。

市庆活动在第二天举行，吃过早餐，瓦洛加便把我们接到了市政府，尼古拉代市长和外事办的官员们已经早早地等在那里。寒暄之后，双方介绍了相关情况，我转达了长春市党政主要领导对尼古拉先生和现已病休在家的原市长巴普罗夫先生的问候，并请尼古拉向巴普罗夫代为转赠长春市政府颁发给他为友好市发展所作突出贡献的荣誉证书。尼古拉先生十分感动，他说他没有去过中国，十分渴望到长春访问。特别是当他听我讲我们如何应对金融危机并取得初步成效时，插话说"了不起，了不起，我们一定要去你们那里学习"。在交流中，我深切地感受到白俄罗斯人十分想了解中国、了解长春，十分渴望友城关系进一步密切，并有实质性合作以及更广泛的交流。会见后，我们一同来到位于市中心的革命烈士纪念碑前向革命先烈敬献了鲜花，这是市庆活动中重要的一环，意在缅怀先烈，让他的人民不忘历史。白俄罗斯是一个多灾多难的民族，特别是在第二次世界大战中，德国法西斯于1941年至1943年间，杀害了两百万白俄罗斯人，当时全白俄罗斯的人口仅为一千万，四分之一成为烈士，古老而美丽的明斯克城几乎被德军的炮火夷为平地，只有现在的俄罗斯歌剧舞剧院等少数几个建筑幸存，但也伤痕累累。所以，白俄罗斯人永远不会忘记那场战争，永远不会忘记那些为保卫祖国、保卫明斯克这座城市英勇献身的人们。他们除在市中心建了这座纪念碑外，在离市区十五公里的地方，还建了一个英雄冈。那是白俄战士和德军殊死搏斗，两万人浴血沙场，最后英勇献身的地方。为纪念他们，人们战后从全国各地战场捧来泥土堆成一座小山，在山上竖起四把长剑，寓意四个勇士中就有一个为和平捐躯，让后来人永志不忘。他们还有一个二战纪念馆，这是在战争中边战斗边建设的一个纪念馆，里面留下许多德国法西斯的罪证，还记录有白俄人民英勇不屈的图片、文件、战斗的武器和生活的物品。仪式十分庄严隆重，没有领导讲话，只有工作人员指挥，市长、议会议长和红军老战士代表在前，之后是外国友人及各区代表，军乐队伴奏，奏着白俄罗斯国歌，上万群众在远处和市长一起向先烈默哀。

仪式结束后，白俄罗斯老战士过来和我们合影，他们的血脉中还流淌着和我们一样对共产党的那份感情。语言不通，但微笑和手上的体温能表明彼此的友善。在我们通过翻译进行交流的时候，白俄罗斯国家电视台，明斯克电视台的记者围过来，非要对我进行采访，本来没有这种准备，可作为友城的使者有些盛情难却，于是我用中文表达了对这个民族的敬意，对这座城市的祝愿以及对市庆这个重要节日的祝贺。我说白俄罗斯是一个伟大的民族，战后仅仅用了五十四年时间就把一个山河破碎的国家重新建设成为一个繁荣富强的家园。明斯克更是一座英雄的城市，在废墟中崛起，在改革中前进，如今街宽路阔，高楼林立，林在城中，城在林中，林水相间，一片静雅，经济飞速发展，人民安居乐业，市容市貌整洁，充满勃勃生机。作为友好城市，作为明斯克人民的朋友，我为之高兴，我深表敬意。我说得很投入，翻译译的也很动情。

市庆的第二个活动，是明斯克国际马拉松邀请赛，有包括中国在内的十五个国家运动员参赛。比赛分为业余组和专业组。市民的参与热情极高，既有白发苍苍的老者，也有未脱稚气的少年，发令枪一响，万人狂奔，场面十分壮观。长春作为友好城市，这次应邀派了两名年轻队员参加专业组比赛，虽未像上次一样夺得冠军，但成绩也非常不错。

下午五点钟，举行纪念大会和文艺演出，地点就在战争中幸存下来的国家歌剧舞剧院。这是一座有着悠久历史的建筑，也是这座城市的重要标志之一。白色的建筑，圆形金色的房顶，雍容华贵，是我们见过的最豪华的剧院。尼古拉代市长发表了重要讲话，他对一年来各条战线各个部门的工作给予充分肯定，满含深情，激昂高亢，赢得一阵阵掌声。之后，是议会议长讲话，教会教长讲话。我注意到一个细节，除教长年事已高拿了提纲之外，其他人讲话都未拿稿，表达能力之强和对讲话内容的熟悉令人赞叹。应尼古拉之邀我在会上致辞，短短四分钟的演讲赢得五次掌声，让我十分感动，感动他们的礼貌和热情。但我也深知，那掌声不全是给我的，那是鼓给中国的，鼓给长春的，那是鼓给友谊与和平的。之后就是市长和议长为年度的荣誉市民颁奖，是一个精致漂亮的奖牌。得奖者都是各条战线上的模范人物。他们中有工人、厂长、经理、医生、教师、警察、机关工作人员。一名俄语教师发表了获奖感言，讲得十分精彩。

　　活动的高潮是晚上在纪念广场举行的焰火晚会。明斯克人放焰火和我们不同，他们边放焰火，边放音乐，而且动感十足，声音巨大，让你不得不一边观看一边舞动。我们因为是客人，被安排在人群中间的广场上，看着焰火，听着音乐，竟也忘了身份，和主人一起狂舞，这既是为景所动，也是为情所动。因为在观看文艺演出后，列宁区的朋友们将我们带到一家白俄罗斯风味餐厅，土豆烧牛肉，白酒加啤酒，再加红酒，三杯烈性的伏特加下去，就已经不分宾主，热闹非凡了。席间除了谈笑，还有一件事令我记忆深刻，就是在餐前阿那托里把我和翻译叫到一起，很认真地向我说了前一天我提出的问题，说他查了相关资料，有的还问了市里的相关领导。这其中就包括目前全白俄罗斯国土面积是20.7万平方公里，人口是989.8万，全国的失业率只有4%，森林覆盖率是51%，明斯克市区面积158.7平方公里，人口170万等等。令我惊讶，令我敬佩。原本因为身体原因我已决心在国外不喝酒，可阿那托里的举动让我如此感动，又怎能不喝呢？

香 山 迷 途

"西山红叶好，霜重色愈浓。"当年读到陈毅先生这充满诱惑诗句的时候，就萌动了欲看香山的念头。可时光荏苒，事过多年才得这次京行。在北大学习的妻子说我来的稍晚，恐怕重霜之下红叶已经飘零，可我总不愿事实果真如此，于是就择定了最近于我们至京的一个周日，赶到郊西二十五公里的地方来观看由黄栌、柿、枫、唐槭所构成的奇特风景。

大概京游的人们都与我有着同样的欲望，当我将妻携子赶到东宫门的时候，来自南北东西，操着各种方言的人们已经铺满了山岭。从导游图上得知，红叶当在香山东麓的南侧，本来可抄近路，但儿子不肯，六岁的他坚持要上"鬼见愁"，妻子建议说可坐缆车，我也懒于在那险峻的石壁上攀登，可儿子愿意，他说他不害怕，他想与那些专抄险路的人们同行。我只好同意，妻也自然无可奈何，谁让偏生了个关东小子，关东汉子从骨子里就喜欢征服。

我们沿清代皇帝围猎行宫的故址，过玉华山庄，在洒下无数汗水之后，终于登上了鬼见发愁的香炉峰。我和妻坐在岩石上大口大口地喘气，儿子却跑到峰顶上去观看风景了。当我也挤上前去的时候，忽觉一阵后怕，我真不知我们是怎样爬上了这样陡峭的山峰，我想如果当初知它这样险峻，我是断不肯冒这份险情的。可儿子却泰然自若，我不得不在惭愧的同时对他起几分敬重。

小歇后，我们沿中路南下，果真见到了我倾慕已久的风景，只是那红叶已凋落大半，让人顿为秋风伤情。真是时不我待，由此不难联想到历史，联想到人生。妻要在这红叶区拍照留念，我不得不变换角度来收寻理想的场景，奇怪的是当我放眼远眺时，那山坡上稀落的树叶排在一起仍然很红很红……

过了红叶区，路便不太明晰了，人也渐渐的稀少，只有那些情人拥着抱着的在树丛中陶醉，像树上鸟儿一样不避行人，也不避太阳。妻建议我们快走，于是就踏上了迷途。

我们在迷途中走了半个下午。起初我们还十分自信，后来越走越远便怀疑起这是否还是香山所在？但为了保持男性的自尊我没有说出这种想法，我鼓励妻和儿子走下去。当我们翻过一岭又上一山的时候，竟发现了奇境，一丛丛绿树环抱着一棵巨大的红枫，那枫叶在夕阳下红如烈焰，让人顿觉出燃烧不尽的激情。妻陶醉了，她扑到树下偎在那火焰之中要我为她拍下永久的回忆。失群的懊恼，迷途的惊恐霎时化为乌有，我为我们的幸运而高兴。

　　下得山去的时候，我们发现路就在山的右侧，与我们走的地方只有一峰之隔，可人们已习惯于沿它观景，却没想到真正的景色正在没路的地方。如此想来，我们的迷途竟是一件幸事了。

碧云寺说奇

西山一径三百寺，

唯有碧云称纤秾。

我已记不清是谁写下这佳丽的句子，但我敢说，无论谁游了碧云寺后都不能不赞叹这位诗人的笔力。

这座名刹位于香山脚下，背西朝东，六进院落，殿阁依山，楼台就势，盘盘囷囷，其规模之崇闳，大概不下于杜牧笔下的阿房宫。虽未复压三百余里，但五步一楼十步一阁还是不为夸张的。据说该寺建于公元14世纪中叶，为元代耶律楚材的后裔阿勒弥舍宅开山而建。原为"碧云庵"，后改为"碧云寺"。究竟为何更名，我非佛门弟子没做细心考证，但从习惯上看，庵为尼居寺为僧居，这更名也许缘于此故吧？

我与儿子在这座古寺中玩了一个下午，非迷其景丽，而是忘情于它的物奇。第一奇便是大肚弥勒，他端坐在寺内的"弥勒佛殿"中，大腹便便，笑容满面，似在迎接来朝拜的香客，给人以一种大慈大悲的感觉。按有关佛书之说，他本是上界之神，后来降生人世，继承释迦牟尼而成为后世佛。又据一野史云，五代时期，奉化一带曾有一云游僧，身携布袋四处化缘，见物即乞，出语不定，随处寝卧形同疯癫，后来坐逝，终前念道："弥勒真弥勒，分身千百亿，时时示时人，时人自不识。"此乃这大肚佛的化身。他时时示时人，时人却不知，真负了他一片苦心。

这第二奇该算梁上济公。我们在罗汉堂里观看五百罗汉，是儿子发现了这位蹲在梁上的济公，他衣衫褴褛，瘦小精灵，面上带有微笑，眯着细小的眼睛。他为什么要蹲在梁上？我百思不解，后来问了一个老者，他说当年佛祖如来在灵山开法会排座次，济公因事迟到，所以便没了座，又加之辈分最小，后来便只好坐在梁上了。看来这论资排辈的传统乃佛家所传，可惜被我们世人效仿得过于极端了，致使在有的朝代里让那些长者把辈分小的有识之士一直到死都压在他们的重石之下，可叹矣。现在实行改革，革掉了这道清规，有识抒识，有志展志，无长无少，人尽其才，可贺矣。

这第三奇，我本是想忽略了的，因为我实在说不出此一奇所以然。这一奇出在寺内的水泉院，即院南的"三代树"是也。第一代为枯柏；第二代便是枯柏之上又生枯柏；第三代最为出奇，在腐朽的柏树墩上竟生出一白果树来。这三代树接续而生，而今枝繁叶茂，我只知其奇却不知怎样奇来。

离开这座古寺，我想起了朱元璋挂在凤阳皇觉寺弥勒殿的一副名联："大肚能容容天下难容之事；慈颜常笑笑世上可笑之人。""难容之事"，弥勒遇过多少已未可知，但"可笑之人"我便是其中的一个了。

正白旗村访曹宅

谒访曹雪芹故居，当为我京行前的想法。这种想法自是受了"字字看来皆是血，十年辛苦不寻常"(原本《石头记》第一回标题诗)的感动。

我和儿子赶到正白旗村的时候，是一个上午，晚秋阳光下的曹宅，虽不是"野浦冻云深，柴扉晚烟薄，山村不见人，夕阳寒欲落"的荒凉景象，却也见不到其他游地的热闹。一排低矮的京式平房偎缩在狭小的院落之内，方不盈丈的五个展室中，总共不过十位游人，且有六七位围在第一展室，看《曹雪芹》摄制组在那里排戏，真心来看他老人家遗迹的大概只有我等二三人了。

无怪那些游人们不感兴趣，这些展室中也真没什么好看。第一室据说是他当年居住的正室，现在正为摄制组所用；第二室为"抗风轩"，被认定为书房，是《红楼梦》成书之地，除墙壁之上有些许墨痕之外已别无他物了；第三室是一个西山环境模型，介绍他的写作生涯，尚算可观；第四室陈列着二百年来有关他身世的一些发现，说来也不过一只书箱，几块题壁诗残片，及一部《废艺斋集稿》的双钩摹影印件而已，实在是寒酸的很；第五室是与故居有关的辅助展览。那些器物皆为清代共有之属，据我看来已失去了佐证曹氏家族的可信性，不足为凭也。

但这终究是这位大师的故居，已经几多权威认定，是不容质疑的了。六年前，我读周汝昌先生的《曹雪芹小传》时，此迹还没有被发现。他在书中说，曹氏当在西山一带村居，但究竟村为何处却没有认定。一说可能住在健锐营内；一说是"三山""八刹"那处西山地带；另一说便是此间，原以民间传说为据，说他当年居住的左边，有成片的竹林。然今樱桃沟水源头之下正为竹林所在，看来这已是确定无疑的了。但我总不愿相信这是事实，因为此境与"红楼"巨制相较，实在是太不相称了。可当我想起潘德舆《金壶浪墨》中"或曰传闻作是书（《红楼》）者，少习华阮，老而落魄，无衣食，寄食亲友家，每晚挑灯作此书。苦无纸，以日历纸背写书，未卒业而弃之"，与奉宽《兰墅文存与石头记》注中"故老相传，撰红楼梦之人为旗籍世家子，书中一切排场，非身历其境不能道只字。作书时，家徒四壁，一几一杌一秃笔外无他物"的记载，也就不再怀疑了。

在离曹宅去看幻化出"红楼"中"通灵宝玉"的"元

宝石"的路上，我忽然想起司马迁《报任安书》中的一段话，他说："古者富贵而名磨灭，不可胜记，唯倜傥非常之人称焉。盖文王拘而演《周易》；仲尼厄而作《春秋》；屈原放逐，乃赋《离骚》；左丘失明，厥有《国语》；孙子膑脚，兵法修列；不违迁蜀，世传《吕览》；韩非囚秦，《说难》、《孤愤》；诗三百篇，大抵圣贤发愤之所为作也。"我们的曹氏大师也是倜傥之属，为"旗籍世家子"，家道败落后不肯在内府好好当差，于是就跑到这西山上来发愤，十年辛酸泪，留下一座"红楼"给世人。

西山别有一壶天

少时读唐人杜牧《阿房宫赋》，有"歌台暖响，春光融融；舞殿冷袖，风雨凄凄。一日之内，一宫之间，而气候不齐"等句，当时很不以为然，认为此乃杜氏为文时所杜撰而已，绝不会是写实。后来读中国地理，知我国南方一些高山深谷地区，由于地势的影响，常常一山之中同时分为四季，山下鲜花山上雪，可谓奇矣。但亦为纸上所得，非亲眼所见也。

这次京游西山之行却使我大开了眼界。我们去西山是11月20日，京都市区已是一派深秋景象。行人着上冬服，树木落尽枯叶，偶有些常绿乔木，寒风中也显得无精打采。花草之类更不可谈，只有很罕见的附在高墙下的藤类植物，可让多情的人温一温夏梦。然而到了西山，确切地说，到了植物园，卧佛寺和樱桃沟，却是另一番景象。丁香、牡丹、芍药等花类自然是不可见，但那些我叫不出名的树木却依然枝叶婆娑。碧桃园，牡丹园，丁香园，宿根花卉园，木兰园，几乎处处都有绿草可见，且绿草间还偶见淡黄色小花，实难得矣。卧佛寺内的景象更难于让人相信，不要说树青竹绿，且荷塘内尚有莲叶飘展。观荷不得是我这次京游的一大憾事，因为市区内的几处荷塘都已卖藕。在此得观，可为幸事。我与儿子在那小小塘边足足看了近一个小时，儿子当初不知此为何物，经我一说好似如梦方醒，因为他是听我讲过莲子的故事和《爱莲说》的。

过卧佛寺便是樱桃沟，樱桃我们虽未可得，但却为竹林所陶醉了。那婆娑的绿色，经风一吹沙沙作响，清泉石径，宝石古屋，置身其中真乃仙境。我站在林中痴想，儿子也无离去之意，要不是一只松鼠在涧中石上蹦跳，使儿子产生欲追之念，我父子说不定要误了归程。

离开西山，我忽然想到古人己身自有一壶天的说法，我想这西山对京都来说不是别有一壶天吗？由此可见，人间事自然事大体同为一理也。

阅古楼小记

到北京的游人，大凡没有不到北海的，但来逛北海的却未必有几人能去阅古楼。我说这话也许有点武断，不过绝不是没有根据。那日我与妻、儿在阅古楼里看了近半个上午，竟没见到第四位游人。

阅古楼作为琼岛八景之一是十分有名的。它坐落在琼岛之西，琳光殿之北，为半圆形建筑。楼为二十五间，左右环抱，上下二层，可谓壮观。楼门面西，需买票可进。进门为一正厅，左右有旋形楼梯攀上，据说古时为奇木所制，称为"蟠龙升天"可惜今已无木可见，早改为水泥台阶了。

拾级而上，至二楼向左便使人心旷神怡了。楼上四壁嵌满淡色大理石，上刻各式文字，这便是著名的《三希堂法贴》石刻了。千姿百态，让人目不暇接。我好奇地数了一数，共计四百九十又五块。据说这是我国现存完整的古代书法集成石刻，全名为《三希堂石渠宝笈法贴》。

三希堂原为故宫养心殿中的一个殿堂，乾隆帝曾将晋代三位书法家——王羲之，王献之，王珣的著名书贴——《快雪时晴帖》《中秋帖》《伯远帖》收藏于此。后来，为了给这三件稀世之宝增添光彩，乾隆帝于1747年特令渠诗正等人将内府所藏《三希堂石渠宝笈法帖》三十二卷取出，请上等刻工摹刻上石，并在塔山西麓建了这座"阅古楼"。

据史料记载，阅古楼的石刻共收魏晋以来至明末，一百三十四人的三百四十一件作品。另有题跋，以及乾隆帝的御制诗词等二百一十余件。钟、王、张、褚、颜、柳、蔡、赵……各得其势，各领风骚，如乾隆帝御制阅古楼一诗所题——

宝笈三希卒法珍，

好公天下寿贞珉。

楼正四面开屏幛，

神聚千秋作主宾。

不雍赢刘诗博广，

略存魏晋要精真。

游丝灯影参元契，

大块文章沉洋瀣。

只可惜当今好字者太少，阅古楼总难得听见足音。如果这位博学多才的故帝九泉有知，定会为此伤心。

观　佛

　　佛无性别，所以善男信女的香火他全能食得。那日我与妻、儿游雍和宫的时候，便有了这种奇想，可是当时没敢说出，我担心被妻子误解，于是只好置于心里。可又偏偏放它不得，不时地翻弄出来琢磨。

　　我这种想法本无什么理论根据，如果说有，也只能来自于弗洛伊德。在他的精神分析学中，似乎有过异性相吸，同性相斥的说法。但我这种想法却能得到生活的印证，如果你不相信，你可在你身边细心地观察。所以，我得出了佛无性别的结论，因为他容得男人也同时容得女人。

　　我这样说，对释迦佛、弥勒佛、乃至燃灯佛、观世音等等，绝无亵渎之意，我虽未入佛门，也绝非异教，在雍和宫的那一刻，我只是普普通通的游人——真正的游人。那日除我们一家三口外，雍和宫里所有的同游者都在佛前跪拜，在瓮中焚香，都把一打打钱钞投进那上面带有扁口的玻璃箱。少则几元，几十元；多则百元，几百元。有人民币、港币，还有外币。我记得最清的是一位银发老者，带着一位东西方混血的女郎，他们在每一尊佛前焚香跪拜，留下大打大打的美钞。那样子十分虔诚，让我这佛门之外的人都受了感动。

我是个彻底的唯物主义者，不相信上帝，也绝不信佛。上帝不能赐人以幸福，那么佛又何能？可那些信徒们却偏偏要在他脚下跪拜，在他面前祈祷，为什么呢？尤其当看到那些受过良好教育的港胞们也如此虔诚的时候，我就更有些想不清楚了。

我们在雍和宫转了一个上午，进牌楼，过辇道，走昭泰门，登钟鼓楼，又看东西碑亭，然后上天王殿，最后到法轮殿。早就听说雍和宫中有"五百罗汉山"，金丝楠木雕佛龛，十八米高的檀木大佛堪称宫中三绝，无奈我肉眼凡胎竟看不出绝处。还是妻子比我强些，她看出了"罗汉山"图中的等级差别，说与我，可我还是不能顿悟。

谒 访 荷 塘

少时读《荷塘月色》，总醉心于那条曲折的煤屑小路和那片神秘的池塘。我曾想，如果我也能踏上那片土地，一定要沿那条小路走走看看。

十三年后，我真的踏上了这条小路，可惜不是七月，也不是月色中的荷塘。那四周蓊蓊郁郁的树木还在，多为杨柳，间或有些松柏及其他不知名的绿色。样子亦似从前，只是在晴明的阳光下没有朱自清那一夜的寂寞。路面上的煤屑早已换成了水泥，小风中亦是枝影婆娑。

路上的行人依然很少，除三五学生匆匆而过，便剩我与妻子俩了。这片天地也像是归了我们。在这晴明的荷塘岸畔，我们既是匆忙的旅人，又是虔诚的谒者。当年，朱自清先生一个人在苍茫的月下踱步，什么都可以想，又什么都可以不想，他说那一夜他得到了自由。其实他正苦闷于自己没有自由。那是革命的前夜，是历史的未见黎明的冬日，他苦闷，他渴望着自由。

我们沿池塘默默地走着，我在想在那七月的夜里他是怎样踏上这条小路的呢？想他那一晚上是否喝酒？想他是如何地忽然想到了这个荷塘。妻子突然问我："你还记得那个宁死不吃美国救济粮的故事吗？"当然记得，那是在毛泽东的书里读到的，也许正因为这个故事，我才真正认识了这位从《背影》中走出来的朱自清。

荷塘无荷，似乎应该成为这次谒访的憾事，但因为我们只醉心于那有骨气的学者所走过的小路，此行也便无所谓遗憾了。那"婷婷的舞女的裙"，那"一粒粒珍珠"和"刚出浴的美人"，只属于那个撒满蝉声蛙声的朦胧的夜晚，我们来谒访的是他们的主人。

我与妻过石桥进入塘中小岛。我很想在那里找到他老人家的墓碑。可当我们来到一座雕像前时，不觉大失所望，因为那是另一位学者——吴晗。我不相信在清华园中没有他的位置，于是就去问那位正在扫尘的老人。老人说朱自清这个人我年轻时可认识，他是清华的教授，他有没有墓可不太清楚了。我们又出岛去问了两名学生，她们也同样说不曾听过，如是，我们只好做罢了。

走出清华园，妻子问我："这里为什么没有他的墓呢？是因为他仅仅是位文人吗？"也许是吧，我想。

卧 佛 寺

京西寿安山南麓，有座四进院落前竖彩坊背靠青山的古刹，这就是有名的十方普觉寺，也就是人们常说的卧佛寺。这座古刹始建于唐代的贞观年间，至今已有一千三百余年的历史，是北京历史较早的古刹之一。

古刹的第一进院落是山门殿。殿前清池如月，池上筑桥如弓，两侧钟鼓相对，煞是威严。最有趣是殿内的哼、哈二将，守寺千年仍不觉寂寞，也不减威风。少时听老人说，他们一个能从鼻子里哼出白气，一个能从口中哈出黄气，黄白二气专驱妖魔，专杀鬼怪。这二将实乃正义之化身。

二进院落是天王殿。殿内有佛称弥勒，据说是来自上界兜率天的神氏，是释迦牟尼的继承人，此佛大腹便便，笑容满面，大慈大悲，可亲可敬。难怪上界非让他来主人之后世，如真有后世，有这样一位主者，死真是够幸福的了。

三进院落是三世佛殿，除弥勒外还有主人今世的释迦佛和管人前世的药师佛。据佛经上说，他们均为如来的化身，均以济人救世为本。在他们两侧是十八罗汉，个个威风凛凛，俊逸潇洒。最威武的是东南角上的一位，戴盔披甲，十分动人。史书上说，这是乾隆帝为自己塑的金身，意为修成正果，立地成佛。可惜他一世风流倜傥留下无数韵事，终未能真入佛门。

　　最后一进院落是卧佛殿，"性月恒明"的大匾为慈禧手书，殿内有元代铜铸巨佛。长有一丈六尺，重有五十四吨。一臂曲肱而枕，体态安详自如。据说是再现释迦佛祖"涅槃"前向弱子嘱事的情景。殿内还有乾隆御笔的"得大自在"的匾额一块，大概是想说明释迦牟尼修道成功，已得了最大的自由。

　　我不懂佛事，自然说不出佛门之妙，但涉身禅境也似乎顿少了许多俗念，不过，这只是感觉。当我离开这座古寺的时候，情与欲又与心俱动，我真不知佛们怎样在寺中耐得千年，乃至万年。

颐和园二题

古祠幽思

昆明湖东岸，文昌阁北，仁寿殿南，有座面西而南的二进院落，这就是颐和园内历史最久的古迹——耶律楚材祠。院内两栋三间北房，前栋为古祠，内有泥像一尊，供桌一个；后栋为坟祠，是一土红色大坟。院南有一御制石碑，其左立一粗石翁仲。据说其右原亦有一尊，明初时被推入湖中，于是便只有这一个来陪伴祠中孤魂了。

耶律楚材，蒙古大汗成吉思汗、窝阔台汗及乃马真皇后执政时的三朝重臣，是一代杰出的政治家。这是我从史书上读到的。他的政治主张不仅在当时为朝廷上下极为推崇，而且对当时西方也产生了极大的影响。据说有一次，有几位欧洲旅游者非要看这座古祠，导游人员问他们为什么，他们说这个人在欧洲很有位置。想来要让人们永远记住，并非在于他是否是位君主，而首先取决于他是否有过一番成就。

耶律楚材自幼博学多才，"凡星、历、医卜、杂算、音律、儒、释、异国之书，无不通究"（《元史》）。他在欧洲人心目中的位置源于他为元朝制定的典章制度；然而能引笔者来祠中吊古，却因他做过几件让人感激的事儿。一是1234年蒙古军攻汴梁(开封)，金军顽抗，按当时律令，攻下后要屠城，楚材得知，立即谏阻，说："寄巧之功，厚藏之家，皆萃于此，若尽杀之，将无所获。"太宗大悦，不仅使城中147万人免遭不幸，而且使中原的古老文化得以留存。此后，他还奏封孔子后裔袭爵衍圣公，设立经籍所、修编所，渐兴文教，甚为难得。二是1237年，他以守成必用文人为理由，开科取士，释放了被俘为奴的汉族儒人。文人相轻从李斯开始，他得志后就建议秦始皇来了个焚书坑儒。两相对照，一汉一蒙，怎能不让人感激？三是这个人敢说真话。窝阔台死后，皇后乃马真氏掌权，有位官员得到她的宠信，竟可随身携带有朝印的空纸，使便宜填，且皇后有旨：谁敢刁难将手砍下。楚材不惧，怒曰："军国之事，先帝悉委老臣……若事不合理，死且不惧，况断手乎？"何等的气魄啊！

政治是残酷的，明时这位杰出的人物竟遭掘墓之辱。还是乾隆皇帝心胸开阔，少些民族偏见，重新修祠立碑，使后世之人得了一个凭吊的机会。

佛 香 阁

颐和园内有湖曰昆明，有山曰万寿。前瞻昆明，背依万寿，佛香阁是也。佛香阁不仅是颐和园中最高大的建筑，也是清朝三山五园中最具特色的景中之景、物中之物。主阁八层，四重飞檐，高为四十一米，在木质结构的古建筑中仅次于山西应县的木塔，居于全国第二。其阁依山就势，居高临下，上有无量齐头，下有排云抵脚，亭廊左右，石径漫回，实乃梵山乐土，人间仙境。只可惜这组宏伟的历史文化竟在1860年被英法侵略军焚毁，我们现在见到的已是慈禧执政时按原样重修的复制品了。

据故宫档案记载，此阁初建时仿浙江之六和塔，建至八层时拆掉，后在原处建起此阁。一拆一建，耗银上百万两，皆为人民血汗，听来惊心。拆塔建阁的原因何在？历来说法不一，一说为乾隆帝出于园林美学的需要；一说工匠们将塔建歪，为保活命，以金龙盘塔奉奏欺上，上遂改主意。依笔者看来，不管前者后者，均能体现先人的智慧。故登临此阁，便心可大悦了。此阁匾额、楹联均散发着香火味道：式扬风教，云外天香，敷华气象，昭回，导养，正性，撷秀等等，莫不如是。

未名湖与糊涂塔

　　说北大是座花园学校，恐怕是不会有人反对的，不要看那古色古香的楼台庭院和多姿多彩的花树山石，单听院内"勺园""娱园"这类的名字便可知了。

　　我因借妻子的光，得以在这闻名中外的校园逗留了十余日，走遍了它的街街巷巷，登遍了它的大小楼台，就连图书馆、体育馆这类的地方都没放过。但最使我留恋的并不是这些知识卫星的发射地，而是那"忙中偷闲"的未名湖和糊涂塔。

　　未名湖大抵在校园的中部，是片水面不很宽阔的人造湖。但是极其清雅，南为假山，北为楼阁，马蹄形的湖面有一个小岛，岛上且有一座古亭。四周与岛上树木繁茂，湖水且澄且清。湖畔树下清一色的柏油小径，路边尚偶存长凳等你享用。清晨或者黄昏，披晨曦或渡夕阳，在这里读书散步真是再好不过。妻说我来得太晚了，如果是夏末秋初还能看到荷花，那真更是美妙极了。

糊涂塔大致是在未名湖的东侧，因为我是在一个下午背对太阳看到湖面上摇曳的塔影的。我原不知它的名字，是妻子同室一位姓王的女士告诉我的。当我知其为"糊里糊涂塔"时，我这糊涂人便对此发生了兴趣，于是又拖妻带子专访了一趟。这塔除了名字特殊，在造型方面与一般古塔没什么两样，但站在它的脚下却让我有殊多感想。

糊涂与清醒总是相对，我总是自以为头脑清醒，实则却是经常糊里糊涂。比如对民族的认识，对民主的理解，以及对文学与历史的评价，当在这糊涂塔侧听了学生的谈论，听了学者的讲演，不得不自惭自己的糊涂与浅薄。

未名湖因湖畔走出无数优秀的学人志士而名扬四海；糊涂塔因塔下站起无数清醒的人们而声振八方。不是吗？五四运动，一二·九运动，哪一次不是最先从这里开始？

巨石下的沉思

在圆明园西楼遗址，"远瀛观"前大水法残迹的内侧，有四根竖立的石柱，其一顶端横一残石，远远看去如同一个硕大的头颅附于身躯之上，似远眺，又似凝思。

这是这座历史名园给我的第一印象。说确切些，那硕大之头正在注目凝思，因为只有这样想象，才合我站在那巨人足下的心境。

圆明园是经康熙、雍正、乾隆三朝营建的皇家水泉园林，单凭橱窗里圆明园四十景观的模型图片，就可推知它兴盛时期的风貌了。天然图画、杏花春馆、濂溪乐处、西峰秀色，蓬岛瑶台，以及坐石临流，映水兰香、涵虚朗鉴、方壶胜境等等，何处不似仙境？更何况它还有三千余亩水面，且"大中小相结合，大水面'福海池'开朗舒展；中水面"后湖"尺度亲切；其余众多小型水面则为水景近观的小品"。

可当我们从这种幻境中走出来，眼前见到的是什么？烈火与浓烟是不见了，灰烬与残枝也不见了，唯见那些没来得及抢走的石头还在，那些埋葬着帝王亡灵的楼台废墟还在，这不是留给未来的最好的见证吗？关于这段历史，法国大作家雨果有一段极诙谐，极深刻，极有讽刺意味的话。他说："有一天，两个强盗走进圆明园，一个抢了东西，一个放了火，仿佛战争得了胜利便可以从事抢劫了……两个胜利者把口袋装满，他们手拉手，笑呵呵地回了欧洲，这就是那两个强盗的历史。我们欧洲人自称文明人，在我们眼中，中国人是'野蛮人'。可是你看，文明人对'野蛮人'干了什么……在历史的面前，这两个强盗，一个叫法兰西，一个叫英吉利。"

依我看来，更可气的并不是这些强盗，而是那些忘记民族灾难，甚至忘记了自己是炎黄子孙的中国人。同行的妻子要为我在那巨石下留影，被我毅然地拒绝，我真不知那些在硕石下永久微笑的人们是怎样的想法，难道会觉出什么幸福吗？

在去往"福海"的路上，儿子问我："你为什么不在那石头下照相呢？是怕它压下来吗？"我笑笑，妻也笑笑，那耻辱之石压在历史的背上，作为中华民族的后裔你能感觉不出它的沉重吗？

福 海 泛 舟

圆明园的水面之多是历史上有名的。现今也仍似古时，偌大的园中，湖泊密布，阳光下波光粼粼灿如星辰，尤以西侧福海的水面为最大。每至盛夏，便有数百游船荡于其中，一桨一拍，一喊一叫，呼呼应应，真可谓其乐无穷。

我与妻及子乃山野之客，近水总有些发晕，可见人或三朋四友；或老少多人；或一对情侣；或夫妻携子；或摇桨竞逐；或放桨飘行；或柔情密语；或纵笑欢情，妻儿艳羡不已，于是我便也为之所动。掏出张十元的票子抵押到售票处，也租条小船去领略湖风。说真的，我这人文弱之气太盛，致使刚到水边心就扑扑地跳得不行。可我是丈夫，是爸爸呀，我不能在这样的时刻丢了威风。我炸着胆子踏上去，船晃了晃，儿子见我上来，也跟着一跳，妻子是牵着他的手的，所以是一起落入船中。这下船差点没翻了个个儿，要不是管船的用长钩钩住，我们一定都得掉进水中。

在这样的时刻划船的自然是我，可两只桨却不予配合。我原在岸上看时，认为划船是极容易的事儿，没想到桨到自己手中竟如此沉重。我不由得想起了"站着说话不嫌腰疼"的俚语，这里有多少含义蕴在其中。世间事事皆学问，看似容易做却不一定能成。到后来，我干脆就把两桨放下，我们个个正襟危坐，以求船的平衡。

人，大概只有在困境中才能正确地对待自己。在这种情况下不得不暂时放下挂在脸上的虚荣，我开始认真地琢磨每一个划船人的姿势，终于在不情愿的摹仿之后摆脱了困境。妻见我划得自如，心情也明显的轻松不少，最后终于跃跃欲试。我也正想让她试上一试，想不到竟是我先前的重复，船儿不断地调转方向，在原地转来转去，总不能向前划动。后来，我将我的体会传导与她，我们的船便平稳地前行了。

这一天妻玩得开心，儿玩得尽兴，我虽说不上遂意，却得到了一点启示：易者不易，难者不难，事能亲历，恭而学之，难者亦易，反之，易者亦难矣……

题记：

2010年5月，我被中组部和中办机要局在井冈山干部学院调训十天。在那片洒满烈士鲜血，留下革命前辈足迹的土地上，每天都吃着红米饭，喝着南瓜汤，回溯到当年的历史现场中，去感受中国革命从转折到胜利的艰辛。在十天的现场教学中，我有一个特殊感受，当下，不仅各级党员干部需要补好中共党史这一课，每一个中国人，特别是青少年都应该补上这一课。中共党史，就是一部新中国的国史，不了解自己的根脉，怎样才能对祖国产生真爱。所以，在中学、大学教育中，甚至在小学教育中都应设立中共党史课。那十天，我一直处在一种极度的兴奋中，每天从现场回来都要在晚上记下当天的笔记，这便是这组随笔，正在《吉林日报》连载，现陆续贴到网上，愿与同道博友共同分享。

2010年12月28日

夜入井冈山

——井冈十日之一

　　井冈山，在中国地图上仅仅是罗霄山脉上的一个点。但在中国人的心里，它却是一个红色坐标，革命圣地。新中国的缔造者毛泽东、朱德等老一辈革命家，就是在这里点燃了"工农武装割据"的星星之火，带领一群泥腿子走出了一条"农村包围城市、武装夺取政权"的光辉道路，使之成为中国新民主主义革命从失败走向胜利的拐点。史学家们认定，这里才是中国革命的真正摇篮。党的十七大之后，中央在这里设立了井冈山干部学院，把它确定为干部培训基地，红色旅游目的地，更使这座伫立在湘、赣边界上的名山热得发烫。老百姓以能到这里探访革命先辈足迹为荣，各级领导以能到这里培训为幸。我就是怀着这样的一种心情，在井冈山的春天里踏上了这片神圣的土地。

长春机场没有直飞井冈山的航班。井干院在通知上明确注明各地学员可在北京、上海或广州转机。飞机从首都机场起飞，大约经过两个多小时的颠簸，晚上七点多钟降落在江西的吉安机场。机场很小，没有廊桥，停机坪上的风却很大，刮得人立足难稳、东倒西斜。天一直阴着，雨是刚刚停还是未下无法断定。天已经很黑，辨不清东西南北，借着候机厅里幽暗的灯光可以看清在不远处的人群。那应该是机场的工作人员和来接机的地方或学院的官员。接机和下机的人走到一起，证实他们确是井冈山市和井干院的工作人员，他们只是跟我们这些学员打了个招呼，示意我们先走，他们要等中办机要局的领导。

穿过狭小的候机厅，一辆中巴车和一辆大客等在外面。那一帮子人簇拥着领导上了中巴，我们这一拨子学员则拎着行李上了大客。这时开始下雨，很大，打在车的篷盖上嘭嘭作响。车出机场上了公路，窗外一片漆黑，天地间只有车灯射出一条光柱慢慢前移。车速很慢，并且不停地左右扭动，我知道这是进山了。接我们的人说，吉安到井冈山还有八十公里路程，大约一个小时后才到。我们要去的井冈山干部学院不在井冈山市里，而是在老区茨坪镇。茨坪是一片山中盆地，方圆不过几平方公里。历史上叫作柴坪，是井冈山中一个古老的村落。四面环山，中抱一水，茂林修竹，风光秀丽。曾因当地百姓广植柿树，也叫过柿坪。明朝，这里出过一个"探花"，故改称仕坪。民国年间改"仕"为"茨"，便成了茨坪。这里是毛泽东当年带领秋收起义队伍到井冈山后第一个落脚的地方，是工农红军的诞生地，是井冈山红色政权的第一个政治中心。解放后是井冈山市政府的所在地。前几年为了加快发展，政府在山外选了新址，这里便成了红色旅游区。

车到茨坪，已经是晚上九点，雨刚刚停下来，空气清新而潮润。我们要去的井冈山干部学院就在茨坪镇北，进城不远即是。这个地方叫红军北路，学院在路的西侧，临街是学院的大门，里面是一个不大的院落，但十分干净整洁，接待大厅坐西朝东，说不上气派，却很宽敞，在漆黑的雨夜中，显得辉煌而明亮。在车上，来接我们的老师就介绍了学院的情况，他说这所学院的规模不大，占地面积仅有二百四十二亩，建筑面积两万六千平方米。但在这个山窝里的小镇已算得上颇具规模和气势了。这是一座依山而建的徽派建筑，楼不高大，但很有气势，白墙红瓦，庭院深深，学员楼、图书馆、教学楼、专家楼沿川拉开，连廊曲折，溪渠相衔。溪叫廉溪，缘溪而行便到了学院后面的山里，取名为龙苑，是老师和学员们课间休息和锻炼的地方。溪长数千米，环山盘绕，曲曲弯弯。溪上有潭，潭中有亭，可赏鱼观月。溪边有路，路上有阶，可跑步登山。山中有将校场，山顶有观月台。方圆十数平方公里，古树参天，竹荫蔽日，是一个天然的大氧吧，又是一个怡情养性，净思聚慧的修心之地。尚未得见，已令人神往。

在主楼和宿舍之间，是一个不大的水池，银鳞锦尾的鱼儿成群结队，见我们路过便在灯光下游过来迎接，让我们刚一到来，就从它们身上感受到老区人民的热情好客。井干院是一所中央投资建设的干部培训基地。是中央培训党政干部、军事干部、国企领导和高级专业人才的地方。能到革命圣地接受培训是一件难得的事情，来的每一个人心情都十分激动。我们这个班是中组部和中央办公厅机要局合办的密码干部研讨班，参加学习的都是省市区以及副省级城市主管密码工作的秘书长、机要局长，是党和国家机密的守护人。能忝列其中，在我的人生当中亦算得上是一次幸运。

学院学员宿舍的条件不错，一人一房，有电视，有电脑，还有一些书籍放在书架上。《毛泽东文集》《邓小平文选》《江泽民文选》等等，清一色的红色图书。书桌上是培训教材，《井冈山革命根据地和中央苏区大事纪实》《解读井冈山》《井冈山革命根据地全史》《让历史告诉现在》，这些教材大多是这所学院专家学者主编或撰写的，我粗略地翻一翻前言和目录，大多是过去在党史教材中未见到过的史料，具有独特的井冈特色。

入住完毕有些饥肠辘辘，便邀了三五同好，打着伞到学院对面的小店去吃宵夜。鲜笋炒腊肉、清炒红军菜、肉炒石耳、井冈山茄子、江西老表汤，外加红米饭，吃得好香。席间女店主又问要不要喝一点酒，说他们这里有上好的红米酒。喝，当然要喝。酒的度数不高，一人一瓶，不多时便面红耳赤。半酣，冒雨返回，一夜无梦。

井冈第一日

——井冈十日之二

　　一觉醒来，耳畔传来潺潺的水声，还夹带着清脆的鸟鸣。拉开窗帘，朦胧中，天色灰暗，雨仍在下。解手、上床、又睡。忽然，一阵嘀嘀嗒嗒的军号再次将我叫醒。暗想，这山里还有部队？后来才知道那是学院的起床号，学员在这里学习就是半军事化管理。看看表，已经七点，该起床了。洗漱、吃饭，按时间表安排到楼门前去和中机领导合影。天公还算作美，这一刻雨竟然停了。在学院老师的指挥下，全班四个小组站成四排，列队，报数，然后依次登上事先准备好的造型架。这些平日里指挥别人的人竟然十分听话，咔嚓，一个瞬间，永成定格。

　　参加开班式。学院领导致欢迎辞，介绍学院情况，介绍井冈山的情况，如数家珍，充满感情。江西省委的同志介绍江西情况，从自然山水讲到人文历史，从发展现状讲到未来愿景，亦是侃侃而谈，无不自豪。难怪当年王勃在《滕王阁序》中能写出"南昌故郡，洪都新府。星分翼轸，地接衡庐""物华天宝，龙光射牛斗之墟；人杰地灵，徐孺下陈蕃之榻。雄州雾列，俊采星驰"的名句，看来江西这地方真是了得，文章言出有据，名不虚传啊。

中机领导在开班式上为我们上了第一课。讲机要密码工作的历史，讲到了毛泽东、周恩来、贺子珍。原来机要工作和井冈山根据地有着紧密的联系，它就诞生在这里。周恩来同志是我们党机要工作的创始人，井冈山是我们党机要工作的发源地。贺子珍是机要工作的老前辈，在井冈山，她担任过中央工农红军的第一任机要科长。也正因为这个角色，才有了和毛泽东相处的机会，才结下了革命友谊，开出爱情花朵。白驹过隙，岁月无情。山川依旧，物是人非。当年的一切都已成为历史，成为老人讲给后人的故事，成为一种不可磨灭的精神。

下午，现场教学。两点钟，我们系上标志井干院学员身份的红丝带，到学员楼前集合，打着红旗，列队走向井冈山革命烈士陵园。陵园就在学院对面，坐北朝南，建在茨坪北山之上。这座陵园1985年开建，1987年10月竣工，整个陵园占地四百多亩，从山门至山顶，依次建有纪念堂、英烈传奇展览馆、雕塑园、碑林、纪念碑，星罗棋布，石阶相连。由山门到纪念堂是一条坡道，由两组台阶构成。第一组共有

49级，象征中华人民共和国1949年成立；第二组60级，寓意从1927年井冈山革命根据地建立，到1987年烈士陵园建成整好60年。我们的队伍就停立在第一组石阶和第二组石阶交汇的平地上。听学院年轻的老师给我们讲井冈山革命斗争的历史，讲葬在陵园中先烈的故事。他说，这座陵园中共葬有在井冈山革命斗争中牺牲的烈士四万八千多人，其中有名有姓的一万五千七百四十四人，其他的都是无名英雄。有名的也仅仅是进入了纪念堂中的烈士英名录，既无尸骨也无遗物。无名者的灵魂则寄托于一块汉白玉无名碑。在有名的英雄中，有一个人特别令人敬重、令人怀念。这个人叫伍若兰，湖南耒阳人，早年毕业于湖南省衡阳省立第三女子师范，不仅年轻貌美、聪慧灵秀，还英勇善战、性格坚强，是耒阳大革命时期声震八方的女中英豪。1928年春参加湘南暴动，在战斗中与朱德相知相爱，结为伉俪。并跟随朱德一起上了井冈山，在红四军政治部任宣传队长，文武兼备，人称双枪女侠。在国民党军队围攻井冈山革命根据地时，她多次参加反围剿战斗，特别是七溪岭一战，更展示了她的豪气。据说战斗打了两天两夜，朱德的队伍被国民党军重重围困。情急之下，她带领一队战士引开敌人，并绕到敌后，帮助朱德打退敌人，取得胜利。1929年，红四军主力出击赣南，在江西寻乌县圳下掩护队伍转移的战斗中，不幸负伤被俘。当敌军知道她是红军司令朱德老婆时，将她押到赣州，严刑拷打，威逼利诱。告诉她，只要你脱离红军，和朱德离婚，就可免去一死。伍若兰大义凛然，宁死不屈。说："共产党员从来不怕死，为人民解放而死最光荣。若要我低头，除非日从西边出，赣江水倒流"。2月2日，敌人气急败坏，砍下她的头颅挂在赣州城头。那时，她正身怀六甲，连腹中婴儿也被掏出剁成碎块。这位女英雄牺牲时年仅二十六岁。朱德得知，痛不欲生，把自己关在屋里呆坐多日，臂缠白毛巾，为妻戴孝月余。并为她写下一首诗"幽兰吐秀乔林下，仍自盘根众草傍。纵使无人见欣赏，依然得地自含芳"。1962年，朱德重返井冈山，将一盆井冈兰带回北京，以表达对战友、对知己、对爱妻的思念。老师在讲述的时候眼含泪花，学员们也个个默默无语。听完讲述，我们列队拾级而上，在纪念堂前为烈士敬献了花篮。并在烈士纪念堂里举起右手，向革命先烈集体宣誓：要发扬"坚定信念、艰苦奋斗；实事求是、敢闯新路；依靠群众、勇于胜利"的井冈山精神。

走出纪念堂，我们兵分两路去参观烈士雕塑园、碑林和纪念碑。雨下得越来越大，我们这一队来到陵园左侧山头的雕塑园时，雨水已打湿很多人的衣服，人多伞少，只好躲在树下听讲解员讲解。这座雕塑园建成于1987年，是目前国内唯一的全部以革命烈士为题材的主题雕塑园。园内共安放毛泽东、朱德、陈毅、彭德怀、滕代远、谭震林、陈正人、何长工、罗荣桓、李灿、蔡协民、王尔琢、张子清、何挺颖、宛希先、袁文才、王佐、伍若兰、贺子珍、赖传珠等二十位革命先辈和烈士的雕像。这些人生前都是井冈山革命斗争时期的前委、军委、特委委员。园中雕像的陈列位置十分有意思，守山门的是为中国革命立下汗马功劳的井冈山农民军首领袁文才和王佐，正中间是井冈山革命根据地的创始人毛泽东、朱德、陈毅、彭德怀。周围则围着"三委"委员。王佐的塑像是骑在马上的，正在翘首远望。他和毛泽东之间是何长工，是毛泽东派去王佐部队代表党做团结改造收编的功臣。这组雕像是中国当代雕塑大师刘开渠、叶毓山、程允贤、潘鹤、曹春生等设计创作的，材质选用了青铜、汉白玉、花岗岩，风格各异，栩栩如生。这几位先生在长春世界雕塑公园也有作品，比较起来我更喜欢这组伟人雕像，充分展示了井冈山时期革命先驱的风采英姿。因为雨大，我们这一支队伍无法继续上山去瞻仰纪念碑，但站在雕塑园即可看到它的全貌，那是一个既像火把又像钢枪的巨大造型，立在红色基座之上，寓意红土地，红色革命根据地，枪杆子里面出政权，星星之火可以燎原。我们沿路右行去了碑林。这是一组典型的江南园林建筑，碑廊、碑亭、碑墙三型合一，亭、台、楼、阁四位一体。曲曲折折的长廊，壁上挂有几百块碑刻，有党和国家领导人的题词，有在这里战斗工作过的老同志的诗篇，还有当代书法家歌颂井冈山的墨迹。翰墨飘香，过目难忘。

　　茨坪北山南行不远处有一个湖，叫挹翠湖。湖边有一片坐东朝西、黄墙黛瓦土木结构的民房，这就是当年的店上村。村落不大，但却名气不小，当年毛泽东、朱德、陈毅都在这里住过。这里有红四军军部，红四军军官教导队，红四军军械处，新遂边陲特别区工农兵政府公卖处，湘赣边界防务委员会旧址。村中面积最大的那幢房子就是毛泽东的故居。那里原本是一个名叫李利昌的村民的杂货铺，1927年10月27日，毛泽东率秋收起义部队到达井冈山后，就经常住在这里。特别是和贺子珍结合之后，这里就成了他们临时的家。白天毛泽东在这里处理军务，晚上点一盏油灯在这里学习、写作。著名的《井冈山的斗争》就是在这里在贺子珍的陪同下写成的。这是毛泽东代前委给中央写的报告，他在报告中阐明了"工农武装割据"的光辉思想。1928年11月16日，毛泽东还和杨开明、谭震林等同志在这里召开了中共湘赣边界特委扩大会，根据中共中央6月4日来信精神，重新组建了由毛泽东任书记的井冈山前敌委员会，对后来巩固和扩大根据地起到了重要作用。这些房子仍是80年前的模样，但已非原物，原物于1929年1月被白匪烧毁，20世纪60年代国家按原貌重建。那里只有一个用糯米和红土做成的水缸是当年的原物。在这里，另一位年轻的老师代替了导游，他站在雨中给我们讲了当时红军军委、特委、前委在这里的工作情形，讲到了毛泽东、朱德、袁文才、王佐。特别讲了彭德怀、贺子珍的故事。感人至深，催人泪下。这两个人和毛泽东都有着特别的关系、特殊的感情，一个爱将，一个爱妻，又都是在这座山上结下的战斗友谊。至于后来一些不愉快的事情，历史自有公论，无须我们评说。

没有围墙的博物馆

——井冈十日之三

今天的天气不错。早晨起来，连日来一直挤压在学院周围山顶的乌云渐渐散去，天空中露出浅浅的蓝色。白云朵朵，在太阳的照射下反射出灿烂的银光。今天仍是现场教学，早餐之后我们四个小组分乘三辆中巴，去处于茨坪镇中心的井冈山革命博物馆，这是我们今天的第一站。

这个博物馆，是上个世纪50年代末我们国家投资建设的第一个地方性革命博物馆。朱德委员长亲笔为它题写了馆标，看到那厚重庄严的八个大字，令人感到无比亲切。馆的面积不大，但气势恢宏。特别是它的大厅，是一个浓缩的井冈山实景，展示着当年毛泽东、朱德率领工农革命军在大陇会师的壮阔场面。并配有一个巨大的能够移动的电子屏幕，通过声光电配合，为参观者展示当年革命斗争的壮烈诗篇。

走过大厅，是依山而建的六个展室。分四个部分，通过图片、实物和影像展示了井冈山革命根据地的创立，井冈山革命根据地的发展，井冈山革命根据地的恢复，坚持井冈山斗争的历史。从1927年9月20日毛泽东率领秋收起义部队进山，到1930年初井冈山根据地失守，二年零四个月在这里发生的"三湾改编"，改造袁文才、王佐部队，井冈山会师，三次反围剿，开展土地革命，"八月失败"，红五军上山等诸多历史事件，在这里都得到了客观真实的再现。看完展览我有一个体会，我觉得这个博物馆更像是一本书的目录，因为在这里看到的，和五百里井冈之中的众多革命遗址连为一体，整个井冈山应该是一个没有围墙的博物馆。在这里展示的文物中，我们没看到一件像样的武器。看到的只有工农红军和井冈百姓自制的松树炮、梭镖、砍刀、扎枪、鸟铳、匕首，还有毛泽东、朱德和红军战士用过的草鞋、蓑衣、稻草等等。中国革命的胜利，就是靠这些东西夺取的，真的难以想象。

离开博物馆，车沿红军北路进山，盘旋向西向南。一路松青柏翠，竹茂林深，大约走了十几分钟，便到了大井村。井冈山有大中小上下五井，这五个村子中以大井为最大，原是农民自卫军王佐队伍驻扎的地方。1927年10月24日，毛泽东率领秋收起义部队来到这里，农民自卫军便腾出自己的营房作为工农革命军的驻地。毛泽东十分感动，赠送给王佐七十条枪。这是群山中不大的一片平地，有几十户人家。在村头建有两栋较大的房子。一栋是当年毛泽东和彭德怀居住的白屋，还有一栋是朱德和陈毅居住的黄屋。这是红四军和红五军会师之后，工农革命军的指挥所。现在这两栋房子已非原物，原物已在"八月失败"后，被"会剿"的国民党烧掉。这两栋房子是上世纪五六十年代，井冈山人为纪念这段历史而重新修建的。在大井村我们听到了两个感人的故事。

一个是毛泽东和战士一起吃野菜。说1927年冬天的一个晚上，几个战士在这间白屋里看着碗里的野菜嘟囔："这么苦的野菜，怎么吃啊？"这话刚好被进来的毛泽东听到，他不动声色，舀了一碗一边吃一边说："这菜虽苦，但有丰富的政治营养，我们吃下这个苦，就能克服更多的苦。"战士们相互看看，说："毛委员吃得，我们也吃得。"于是大家一起吃起来。饭后，毛泽东对大家说：我们正是为了消灭苦，创造幸福生活，才拿起枪杆子闹革命。没有今天的苦，就没有日后的甜。我们是革命军队，要不怕一切苦，敢于和苦作斗争。这件事后，战士们的情绪发生了重大变化。他们把艰苦的生活编成歌谣："红米饭，南瓜汤，秋茄子，味好香，餐餐吃的精打光。干稻草，软又黄，金丝被，盖身上，不怕北风和大雪，暖暖和和入梦乡。"以革命乐观主义精神战胜了那个寒冷又缺吃少穿的冬天，为和敌人斗争蓄积了力量。

另一个故事，是讲白屋后边的两棵树。一棵是红豆杉，一棵是柞树。树身粗壮，树冠庞大，树龄百年抑或几百年，已无从可考。1929年1月，红四军主力向赣南进发后，敌人窜进大井村烧杀掠抢，这两棵古树连同前面的房子一起被烧。但这两棵见证了井冈山革命斗争的神树，枝虽枯，根仍在，竟奇迹般地活了下来。1949年，中华人民共和国成立，这两棵树长得枝繁叶茂，如获新生。更巧的是，1965年毛泽东千里来寻故地，两树同时开满银色花朵，迎接亲人。1976年寒袭大地，毛泽东与世长辞的时候，这两棵树竟又同时枝枯叶黄，遭了虫害。为此，井冈山革命博物馆的领导不得不请林业专家来救治，直到党的十一届三中全会召开，它们才重现生机，越长越壮。听着传奇故事，许多人在树下流连忘返，真希望这是真的，更期望它们万古长青。在白屋前面还有一块石头，毛泽东经常在这里读书，故而被命名为"读书石"。我本想坐到这块石头上照一张相，可惜同伴均已离去，只好把这个想法与石头一起装在心里了。

小井村距大井村不远，这里有中国红军新四军医院的旧址。是一栋上下两层的木楼，面积有千八平方米，也是一处复制品。井干院的老师告诉我们，当年这所医院是红四军全军将士捐钱建成的，多者两块银元，少者两角或者五分钱，都是从身上和肚子里省下的。工匠不够，红军战士就亲自动手。就连当时担任红军医院党总支书记的曾志，已怀有七个月的身孕，还与战友们一起上山去砍木头。他们没有药品，就去采草药。没有酒精，就用盐水为伤员消毒。没有工具，以菜刀当手术刀。我们参观的时候，还看到了墙上挂着他们当年用竹片做成的镊子。

红军医院东行百米，就是小井红军烈士墓。这里有一条小河，河边原是一片稻田。1929年1月29日，敌军第三次对根据地进行"会剿"的时候，红军医院里有一百三十多名重伤员来不及转移，全被枪杀在这里。医院被烧，名册被毁，除17位烈士人们后来查到他们的姓名外，其余的死难者都成了无名烈士。为了纪念他们，1969年，井冈山人民在当年烈士殉难处，为他们修建了这座烈士墓和纪念碑。我们在墓前听老师讲他们宁死不屈的故事，向他们鞠躬默哀，并献上代表敬意的白花。没人知道他们的名字，他们也不需要别人记住他们的名字，他们是共产党人，不为钱、不为名、不为利，从踏入井冈、拿起钢枪那一刻起，就准备为主义、为信仰献身。

写到这里我们不能不写到一个人，就是前面提到的曾志。这位从小投身革命，十五岁加入中国共产党，参加过湖南暴动，随朱德、陈毅一起来到井冈山的湘妹子，是这所红军医院的创始人，是这一百三十多位死难者的亲密战友。革命胜利后，她先后担任广州市委书记、广东省委常委、书记处候补书记，中组部副部长，中顾委委员。可她始终没忘这片土地、这些战友，她生前留下遗嘱，死后要把骨灰撒到井冈山。1998年，老人仙逝，家人就在这座无名烈士墓旁为她选了一块墓地，墓碑上只刻了这样十一个字"魂归井冈——老红军战士曾志"。生前和战友一起在这里战斗，死后仍和战友一起在这里会合。站在她的碑前，听着关于她"井冈送子"的感人故事，不禁潸然泪下。

在无名烈士墓的对面，井干院为学员辟了一片纪念土地，每一期在这里培训的学员都要在这里种上一棵树，目前树已半园。我们种的是一棵白玉兰。玉兰花开，洁白素雅，清香圣洁。它将在每一个清明到来的时候，向对面的英灵献上我们的哀思。

下午，黄仲芳先生讲《井冈山斗争与井冈山精神》。他是一位党史专家，走访过许多在井冈山参加斗争的老红军老革命。掌握第一手材料，讲得十分生动。从秋收起义到三湾改编，毛袁会面，毛王会面，毛朱会师，讲了许多鲜为人知的故事。特别是他讲到了杨开慧，讲到1987年发现的一份遗稿，是杨开慧1928年10月写下的一首诗。兹录如下——

偶　　感

天阴起朔风，浓寒入肌骨。

念兹远行人，平波突起伏。

足疾已否瘳，寒衣是否备？

孤眠谁爱护，是否亦凄苦？

书信不可通，欲问无人语。

恨无双飞翮，飞去见兹人。

兹人不得见，惆怅无已时。

那时，毛泽东正带着脚伤，率领红四军和红五军在井冈山上进行第三次反围剿斗争，杨开慧留在湖南。不久被捕入狱，于1930年10月14日被国民党湖南军阀杀害，年仅二十九岁。为了中国革命胜利，为了人民翻身解放，夫妻惨离散，生死两茫茫。

听国防大学教授讲课

——井冈十日之四

　　七点钟，军号又一次响起。入学三日，已经习惯了学院这种半军事化管理的集体生活，军号叫起，列队出行。可是由于昨天晚上、前天晚上连续睡得太晚，这一刻眼皮有点发硬。努力睁开，已是七点半钟。草草洗漱，下楼吃饭，深恐误了上课时间。因为今天的课比较特殊，上下午都是请国防大学的教授讲课。上午是徐焰少将讲《新民主主义及其历史经验》，下午是孟祥青大校讲《国家利益与国家安全战略》。可我忘了今天是周日，是八点半上课。早餐后还有半小时的空余，便结伴在校园里逛了一会。这地方实在是太美了，置身其中，简直像来到了世外桃源。山崖之上，林深树茂，鸟语花香。崖下川中，溪流纵贯，流水潺潺。山腰楼廊横空，溪上石桥卧波。我们在溪边石板路上徜徉，忽见一簇杜鹃绽放在崖畔，万绿丛中，一片艳红。

徐焰少将的课十分了得。他做了一个文图并茂的电子课件。以历史史实为据，以历史变革为线，全面阐述了毛泽东新民主主义思想，对中国革命与建设的历史贡献。他强调，毛泽东思想最精华的部分是新民主主义，它是马克思主义中国化的典范，是土地革命、抗日战争、解放战争取得最后胜利的法宝。更是社会主义初级阶段理论、三个代表思想、科学发展观的源头。这一评价十分到位，也十分客观。毛泽东是真正的马克思主义者，不唯书、不唯上、只唯实，反对本本主义、勇于实践，更敢于理论创新。所以，在秋收起义之后，他敢于否定中央决策，放弃攻打城市，带领队伍上了井冈山，建立农村革命根据地。这一段历史，过去在读中共党史的时候有所了解，但从未站在理论的高度进行认真的思索。现在来到这段历史发生的地方，听专家如此精辟的概括，忽觉茅塞顿开。井冈山不仅是中国红色政权的基础，更是毛泽东思想的摇篮。在井冈山，毛泽东写下了《宁冈调查》《永新调查》《政治问题和边界党的任务》《中国的红色政权为什么能够存在》《井冈山的斗争》《星星之火可以燎原》等多篇光辉著作。这是毛泽东军事思想和政治思想最重要的组成部分。是中国革命走向成功、走向胜利的灯塔。

徐焰是在部队成长起来的理论工作者，还在中央党史研究室工作过，他看到过毛泽东很多手稿，也采访过许多土地革命、抗日战争、解放战争时期的老党员老红军老革命。他说，发展生产力，让一部分人先富起来，借助外国资本发展中国经济，团结资产阶级，促进社会和谐，这些思想在毛泽东60年前的著作文稿中都有，可惜在公开发表和编入文集时都给删掉了。个中缘由是他思想发生变化，还是迫于来自外界的压力不得而知，听了十分震惊。想想，伟人也是人，伟人也是凡人，伟人也绝不可能是神。可叹的是，我们很多人不了解历史，不能公正客观地认识和评价伟人。要么举上头顶，要么踩到脚下。说话不过脑子，肩头扛着别人的嘴巴，道听途说，人云亦云。

孟祥青是年轻的军事理论专家。他从国家安全的角度，讲了对半岛问题、海洋问题、台湾问题、中美关系、中日关系、中俄关系的认识。强调一定要增强危机意识，时刻提高警惕。分析透彻，有理有据。在讲述的过程中，他不时引用《孙子兵法》。从实力与谋略的结合、虚与实的相形相生，攻与守的内在统一，避实击虚的巧妙运用，奇正相生的普遍原理，充分阐明当下国家安全问题必须予以高度重视。不预不立，有备无患，居安思危，长治久安。"上兵伐谋""先谋于局，后谋于略，略出于局""不谋全局者，不足以谋一域；不谋万世者，不足以谋一时""先谋后事者昌，先事后谋者亡"。我没系统读过《孙子兵法》，似懂非懂，看来需要补课了。

下课，楼外又在飘雨，井冈山的天气总是瞬息万变。

一段鲜为人知的历史

——井冈十日之五

　　井冈山干部学院有位老先生叫余伯流，今年已经六十有八，一辈子从事党史研究工作，几十年来走遍了湘赣皖革命老区所有根据地，并采访过无数位当年苏区留下的老革命、老干部、老党员，以及经历过苏区斗争的人民群众，被称作是一部井冈山革命史的活文献。今天，他要给我们讲中央苏区与苏区精神。从1929年朱毛红军下山，讲到红一军团壮大、中央苏区形成、中华苏维埃共和国中央政府的成立、"左"倾领导人进入中央苏区、第五次反"围剿"失败、红军开始二万五千里长征。慢条斯理，有如亲历。特别吸引人的是，讲了许多鲜为人知的史实和故事。

　　1927年，毛泽东和朱德在井冈山会师之后，两人因为共同的信仰和目标，一见如故。在艰苦卓绝的斗争中，同生死，共患难，亲如兄弟，情同手足，既是战友又是朋友。红四军成立后，朱德任军长和军委书记，毛泽东任政治委员和前委书记。朱德宽厚务实，毛泽东博学睿智，两人珠联璧合，在党的领导下，靠正确的政治和军事思想指导以及他们的人格魅力，朱毛红军不断壮大，威名远播。关于这段历史有许多佳话。这里只想引述萧韶光先生根据朱毛战斗间隙对弈史实写成的一首诗，足以看出两人感情和关系。全诗如下："捡山石当子／划线条为棋盘／并肩转身成对手／定要拼杀个输赢／／朱军长擅长主动进攻／毛委员善于声东击西／围观的士兵里外三层／却只有棋子落盘的声音／／一方大举进攻／一方诱敌深入／'敌进我退'脱口喊出／响遍行云／／一边忙于休整后方／一边随即'敌驻我扰'／趁机多路奔袭／连声'敌疲我打'达到目的／／川调开始引兵退却／湘音乘势'敌退我追'／棋逢对手／在松涛的掌声中握手言和／／'朱毛'一盘棋／'十六字诀'棋谱应运而生／令世界看不懂棋路／这就叫中国棋局／／当他俩在井冈山居高临下／联手开棋的时候／就注定了'朱毛'必胜的／红运"。这是1928年夏天的事情，两人对弈并非真想下棋，而是要探讨袁文才、王佐"不要会打仗，只是会打圈"的土战术。战术一出，四目相对，开怀大笑，声震山谷。

可是，天有不测风云。1929年1月，正当井冈山军民欢欢喜喜准备过农历大年的时候，突然接到了中央命令，要求朱德、毛泽东率红四军主力出击赣南。14日，部队在茨坪召开誓师大会，同日，两位统帅率三千六百人分别从茨坪和行洲出发，一路南下。这次战略转移，虽然给盘踞在江西境内的敌人造成了一定压力，但并没有达到牵制敌人，消灭敌人，扩大根据地的目的。相反，一路连遭围攻，损失惨重。28团党代表何挺颖，独立营营长张威，宣传队长、朱德的妻子伍若兰，相继在大余和寻乌圳下的战斗中牺牲。经过千辛万苦，2月3日，红四军主力到达闽赣交界的罗福峰，在一片密林中安营休整。毛泽东在这里主持召开了红四军前委会议，总结下山以来的经验教训，分析形势、研究斗争策略。决定开往东固，并决定由前委直接指挥军事行动。2月10日，红四军在瑞金大柏地和敌军刘士毅部队相遇，激烈战斗，大获全胜，消灭敌军两个团，俘敌八百余人，缴枪八百余支，取得了南下以来的第一次胜利。

恰在此时，井冈山却传来了不幸的消息，五大哨口失守。但敌军已逼近东固，红四军无力回援，红五军奋力突围，才勉强保住了部分主力。4月1日，在瑞金两军会合，朱德、毛泽东、彭德怀、陈毅四位统帅抱在一起，悲喜交加。8日，前委在于都召开会议，决定红五军回师井冈山收复失地，重建边界政权。红四军继续南下，进入闽西。转年3月，红四军在长汀打败土著军阀郭凤鸣，俘敌两千余人，并击毙匪首，占领了长汀县城。3月20日，红四军在长汀"辛耕别墅"举行前敌扩大会，决定抓住蒋桂军阀混战的有利时机，改变重回湘赣边界计划，以赣南闽西二十个县为范围，发动群众建立新的割据区域。5月，红四军三次攻占龙岩，歼敌数千。并成立了永定、龙岩两县革命委员会。这时，中央派遣刚从苏联回国的刘安恭来到宁都，参加红四军工作。经过毛泽东、朱德、陈毅三人共同商量，决定让他担任军政治部主任，临时军委书记。当时的体制是军委在前委领导下工作，他不同意这一做法，在他主持的临时军委会议上做出决定，不允许前委参与军事指挥。这一决定在全军产生巨大震动，干部战士议论纷纷。毛泽东十分恼火，于6月8日在福建上杭白沙组织召开了红四军前委扩大会，讨论要不要设立军委和撤销临时军委组织。会议虽然通过了取消临时军委的决定，但领导层意见出现很大分歧。刘安恭和朱德是老乡，又是一起留学的同学，朱德站在了刘安恭一边。在这种情况下，毛泽东不干了，他勃然大怒，提出辞职。他说："我不能担负这种不生不死的责任"。说完，拂袖而去。6月28日，临时主持前委工作的陈毅，在闽西龙岩主持召开了红四军第七次代表大会，讨论党的领导是否只能管政治工作，不能一切都管等问题。通过了大会《决议》，否定了在前委之下再设一个军委的意见，指出"规定前委只讨论行动问题，这是临时军委的错误"，所谓前委领导是"书记专政"，"纯属偏见"。同时，也否定了毛泽东提出的必须反对不要根据地的流寇思想和必须坚持党的集权制（集中制）领导原则的意见。选举陈毅为前委书记，毛泽东落选了。会后，毛泽东离开部队，到闽西永定金丰山里去养病，陈毅则取道厦门去上海向党中央汇报。

8月上旬，陈毅来到上海。那时，周恩来是中共中央秘书长兼组织部长。在中央军事会议期间，他和李立三认真听取了陈毅关于红四军的工作汇报，肯定了红四军的工作，同时也批评了他们把中央指定的前委书记选掉的错误做法。并指示陈毅代中央起草了《中共中央给红军第四军前委的指示信》。信中指出："红四军全体指战员要维护朱德、毛泽东的领导，毛泽东仍为前委书记。"9月上旬，陈毅仍在上海。朱德在上杭主持召开了红四军第八次代表大会，会议开了三天，大家吵了三天，什么问题都没讨论出结果，且不欢而散。会后，在部队基层工作的郭化若、罗荣桓给毛泽东写了一封信，请求他马上回来，说全军政治上不能没他这个领导中心。毛泽东没有答应。10月，陈毅回到苏区。此时，红四军进攻广东连连失利，也返回了闽西。11月，在上杭官庄召开前委会议，决定建立闽西红色政权。会后，在军部院子里的大榕树下，朱德留下陈毅，商量如何落实中央"九月来信"精神，请毛泽东回营。他们都意识到了自己的错误，当时已是深秋，朱德诙谐地说："朱毛不分家，没毛朱怎么过冬啊！"陈毅则执笔写了一封深情的信，做了深刻检讨，说明了他和朱德的态度、全军将士的意愿和中央指示的精神。并附上了中央来信，派人连夜送到了毛泽东居住的苏家坡。这次毛泽东没有推辞，11月26日，他从蛟洋赶到长汀，与朱德、陈毅再次会合。至此，这场因刘安恭错误思想而引发的

"朱毛纷争"结束，兄弟同心，重新踏上中国革命胜利的
征程。

　　余先生在讲这段历史的时候，一再强调这是秘密史料，
尚未公开，但绝对是史实。为了证实这段史实的真实，他还
向我们展示"九月来信"和陈毅写给毛泽东信函原文的影
印件。

从源头村到黄洋界

——井冈十日之六

读小学的时候，有一篇课文叫《朱德的扁担》，讲的是在井冈山革命斗争时期，为了粉碎敌人的围剿，朱德军长和毛泽东委员带领红军战士冒着枪林弹雨，挑粮上山的故事。当时是1928年冬天，井冈山革命根据地建立之后，山上除正规红军部队外，还有党政军机关工作人员、八百多名伤病员以及两千多名老百姓。山中土地稀少，土壤瘠薄，年产谷不足万担。为了解决军民吃饭问题，必须从百里外的宁冈、永新、遂川三县运粮上山。井冈山山高坡陡，车马难行，在羊肠小道上运送粮食，只能靠肩膀和扁担。为了鼓舞军民士气，毛泽东和朱德带头挑粮。那一年，毛泽东三十五岁，朱德四十二岁，战士们为了不让军长挑粮，藏起他的扁担，可第二天他找来毛竹又削了一条新的，战士再藏，他再削，并刻上"朱德扁担，不准乱动"，继续和战士一起挑粮。为此，山上百姓编了一首歌谣："朱德挑粮上坳，粮食绝对可靠，军民齐心协力，粉碎敌人会剿。"留下一段佳话，教育几代子孙。我们今天的体验教学，就是重走朱毛挑粮路，体验革命先烈当年斗争生活的艰辛。

我们这个班的学员，大多是老同志，最小的也有四十三岁，比当年的朱德军长还大一岁。可这堂体验课除腿上有伤的老贾外，没有一个人掉队。一大早，大家就孩子一样穿上红军服、戴上红军帽、背上红军包、挎上红军粮袋、披上斗蓑扛起木枪，到食堂去吃饭。还有人张罗加量，要为上山攒体力。兴奋程度真和小时候参加少先队活动差不多。

八点钟队伍准时从井干院出发，还是沿红军北路进山，盘旋而入，绕山前行。一个小时后到达了黄陇镇，这是井冈山中较大的一个镇子，是当年红军集中给养的地方。出镇区左行又十几分钟便到了我们这次体验课的起点源头村。村民已经等在那里，他们为我们每个人准备了一根竹竿，大家不解，老乡说山上有蛇，而且是毒性很大的竹叶青，竹竿在手可以防蛇。同时，挑粮的山路很陡，又有的地方紧临山崖，竹竿可以在累的时候当拐杖，在有险情的时候还可以探探路。原来如此，令人感动。

九点钟，集合号响，分组列队。老师讲了一些注意事项，我们便并成一列纵队向山上进发。井冈山最高峰也不过一千八百米，黄洋界只有一千三百米，但山势陡峭，坡滑路窄。我们并没有真的挑着粮食，只是象征性地背着粮袋和枪支。开始一段大家斗志昂扬，欢声笑语。走在最前面的，是领路的老乡，是井干院花钱雇来的向导，一趟五十元钱。接下来是旗手，先是我们的组长，后来组长有点体力不支，就交给了宁夏的老宋，老宋人高马大，始终走在前头。这段挑粮小路只有六里，是红军挑粮路一百三十五里中最险要的部分，虽然不长，却极其难走。行至半公里的时候，队伍就分成了前中后三拨儿，个个大汗淋漓，有三位学员还因体力不支决定原路返回。还有一拨儿已经坐下来休息，扶着竹竿气喘吁吁。我和带队的老师，随队医生以及两位扛担架和氧气袋的老表走在最后。行至一千米处，也感到了艰难。喘气更加急促，腿已经发软，但谁也不提议停下，大家相互鼓励，奋力前行。

在当年革命先辈战斗的地方进行现场体验，这是井干院在干部教育中的一大创举。为了保证学员安全，他们雇用当地老表在沿途修了六个休息站。学员走累了可以在站点上坐一会儿，喝点水，吃点东西补充能量。据说，当年红军也只有这样才能从山脚爬到山顶。我们最后这个分队，在第二次休息后，就感觉轻松许多，脚不再沉重，喘气也趋于均匀，虽然个个汗流浃背，却依然一路兴致勃勃。有人背诵毛泽东"红军不怕远征难"的诗，有人高唱"黄洋界上炮声隆"的歌。山路弯弯曲曲，下望坡陡涧深，一会儿是竹林，一会儿是松海，一阵风来，波涛阵阵。路边偶尔还可以见到一朵朵六个瓣的蓝色小花，老表告诉我们这就是井冈兰，是朱德最喜欢的花。20世纪60年代，已当上全国人大委员长的他，重上井冈山时还带走了一棵。登到一千三百米的时候，我们在一排木板房前休息。卖给养的大嫂说，这里就是当年朱军长和毛委员休息的地方，当年是三间泥土房，后来被国民党兵给烧了，这个房子是前几年他家新盖的，门前的老荷树仍是当年的原物。她说，在老荷树下原来有一块小草坪，每当挑粮歇脚的时候，战士们都要围在毛泽东身边听他讲革命道理。有一次毛泽东问身边的战士："你站在荷树下能看多远？"有的说能看到江西，有的说能看到湖南，毛泽东听了十分高兴。他说："我们革命就要站得高看得远，站在井冈山不仅能看到江西、湖南，还要看到全中国、全世界。"老乡讲完还认真地说，这是真的，当年我爷爷就在跟前，毛主席真是这么说的，一个字都不会错。看着她的神情，我们大家都乐了。老荷树上还挂着一个烈属证，证明他们是烈士后代。当年，井冈山地区有数万人参加朱毛红军，像这样的烈士后代比比皆是。十二点钟，我们登上了黄洋界，那个当年让敌人魂飞胆丧的地方，虽说个个满怀喜悦，却已人人精疲力尽。

在这次体验中，大家除了深切感受到中国革命成功的不易和红军将士的艰辛，还有很多感悟：比如万事开头难，能够坚持更难，谁能坚持到底谁就会取得最后的胜利；信心有时候比实力更重要，没有信心就会被困难吓倒。就在大家生发感慨的时候，我却忽然想到另一个问题。我在路上和老表聊天，他说，他们家有六口人，每人有七分田，全家有四亩二分田。一亩田一年能生产五百斤粮食，一年不过两千多斤粮食，仅够年吃年用。好在山林承包后，政府允许他们每年砍点竹子卖，再加上一点旅游收入，一年可以剩个万八块钱。听了他的话，我才意识到在进山这一路上，确实只见到路边的一点点田地，一条一块，最小的地块恐怕真比屁股大不了多少，一不小心坐下去压死一片秧苗，很可能一家人会少一顿饭吃。这是一片金贵且贫瘠的红土地，不要说当年喂养中国革命取得胜利，就是靠它的产出能让世世代代生活在这里的人们活下来都实属不易。

兴　国　行

——井冈十日之七

　　早餐过后，冒着蒙蒙细雨，汽车再一次从茨坪出发，沿山路盘旋东下。一路，满眼的苍翠，竹子、竹子，到处都是竹子。在井冈山区偶尔还能看到路边的松树、樟树、柏树、杉树、枫树、泡桐，到了吉安、泰和境内，低山和丘陵之中便全是竹子了。但这一带的土地较井冈山区平整许多，面积也大了不少，山与山之间是大片大片的盆地。时值五月，稻秧已有半尺，绿油油的一片。十点钟，车进入兴国境内。又半小时，进入兴国县城潋江。

　　兴国，在地理位置上应该位于罗霄山脉、武夷山脉之间，在江西中部的平固江上游，东倚宁都，南连赣县，西邻万安，北界泰和。据说，这个地方始建于三国，定名于北宋，是有着悠久历史的千年古县。最早知道这个地方，是因为这里曾出过一个名人，就是三国时魏国太傅、著名书法家钟繇的十七世孙钟绍京。钟绍京在唐代既是历经高宗、武则天、中宗、睿宗、玄宗五朝的名相，官至中书令，封越国公，又是著名的书法家。善楷书，尤工小楷，史称"小钟"。我学写小楷的时候就多次临写他的《灵飞经》。钟绍京祖居河南，后迁虔州（今江西）。他出生的地方即是现在的兴国县长冈乡，也就是当年毛泽东七下兴国，领导土地革命，并写下《兴国调查》《长冈乡调查》的地方。在唐代，除钟绍京外，兴国还出过兵部尚书李迈，工部尚书谢肇。此后，历朝历代一直名人辈出。宋代理学家李朴，清代的总兵邹胜复，提督李占椿都是兴国人。进入现代，兴国县更是赫赫有名。第一次国内革命战争时期，全县出师以上军职要员四十四人，有三十九人毕业于黄埔军校。其中上将一人，中将六人，少将二十人。在第二次国内革命战争中，兴国更是功劳卓著。是当时苏区著名的模范县。全县仅有二十三万人口，就有八万人参加了红军。"兴国模范师""少共国际师""中央警卫师"三师将士均是兴国弟子。在战争中为国捐躯的烈士有两万三千多人，其中牺牲在长征路上就有一万两千多人。这是有名有姓的，无名无姓者还有许多。

我们在兴国的课堂，就是位于潋江镇将军大道南端的将军园。据带我们来兴国上课的罗老师讲，这个将军园是2003年建成的，占地三百亩，由将军广场、将军事迹陈列馆、大型雕像群、将军湖等五个部分构成。我们车就停到广场边上，抬头便看到了广场正中高大的毛泽东主席的汉白玉雕像。雕像后面是造型奇特的将军事迹陈列馆，它的屋顶像当年红军戴的八角帽，它的门厅是我们党旗上的镰刀和斧头。左侧是将军雕像群。据介绍，园中除五十四位兴国籍将军外，最前面安放的是朱德元帅和陈毅元帅像。右侧是一幅巨型浮雕，上面是"中国工农红军兴国模范师""中国工农红军少共国际师""中国工农红军中央警卫师"三面重叠的红旗，旗上镶嵌毛泽东题写的"模范兴国"四个大字，下面是一组战斗场景图，由七十九位栩栩如生的人物故事构成，气势恢宏，令人震撼。我们集体在雕像下合影，然后到对面的将军事迹陈列馆和苏区干部好作风馆上课。在将军事迹陈列馆里，看到了五十四位兴国籍共和国将军的挂像、事迹以及珍贵的图片和文物，他们有的是在战争中出生入死，为中国革命胜利立下了汗马功劳，有的是为新中国军队建设做出了突出贡献，这是共和国的财富，更是兴国人的骄傲。

离开将军事迹陈列馆，天空又下起了小雨。好在苏区干部好作风馆不远，学员们跑着就来到了陈列着当年毛泽东在长冈乡调查场景的大厅。毛泽东坐在一棵大榕树下，和老表交谈，身边还站着几个孩子，脸上带着笑容。这里陈列的文物很多，但都是当地百姓使用的家什。看着当年苏区干部穿过的草鞋，用过的马灯，再听讲解员讲述他们留下的一个个动人故事，无人能不为之感动。毛泽东称赞他们创造了"第一等的工作"，是苏区军民团结的典型，自力更生发展生产的典型，干部清正廉洁联系群众的典型。当时群众编了一首歌谣：

> 苏区干部好作风，
>
> 自带干粮去办公，
>
> 日穿草鞋闹革命，
>
> 夜打灯笼访贫农。

这是一个时代共产党干部形象的真实记录。在上车去下一个教学点的路上大家议论，多希望这种作风，在市场经济空前繁荣的当下依然能够盛行。

云 石 山 记

——井冈十日之八

唐朝人刘禹锡的《陋室铭》中，有"山不在高，有仙则名。水不在深，有龙则灵"的句子，这用在云石山上真是再恰当不过了。我是在来瑞金的路上才听说这个名字，知道它是当年红一方面军主力和中央机关二万五千里长征出发的地方，被称作"红军长征第一山"，和于都河上的"红军长征第一渡口"一样，是中国革命走向胜利的一个起点。但这座山有多高，方圆有多大，矗立在什么地方，一无所知。

下午五点钟，车离开于都，进入瑞金境内，不多时便到了瑞金。奇怪的是，前车没有开进预定的瑞金宾馆，而是穿城而过，一路向西。大家正在议论，带队老师接到了指示，说要调整教学行程，天黑前赶到黄坡村，去登云石山。

黄坡村隶属瑞金的云石乡，距瑞金十九公里。车出市区，雨过天晴，夕阳斜照，绿油油的稻田上弯出一道彩虹，隔窗观看十分绚丽。沿途不断有村庄和集镇闪过，在一个转弯处，一群刚刚放学的孩子，跟在牵着水牛回家老汉的后头，追逐戏闹，见有车队经过，急忙闪到路边，变成一排小树，注目车里，有的还作了一个鬼脸。暗想，这些老区的孩子还是见过世面的，不然见了生人绝不可能这样神闲气定，调皮可爱。谈笑间车队在一个村口停下，老师说："下车吧，云石山到了。"云石山在哪？大家一脸茫然。老师笑指稻田边上一片隆起的树丛，"就在这啊！"这才注意到，那兀立在水田上的不是树丛，确是一座小山。这座小山高不过50米，方圆亦不足千米，但它四面悬崖陡峭，怪石林立。石缝中长满藤萝和不知名的小树，水就从那些树的下面流出来，淙淙有声，但尚未成瀑。上山只有一条小路，用块石垒成，曲曲弯弯，大概有百十级。石已青黑，缝隙中长满苔藓，雨过之后有些湿滑，一不小心，便可能一失足成千古恨。上山不远，路上有两道石门屏障，大有"一夫当关，万夫莫开"的气势。过了石门便来到了山顶，古木参天，奇石遍地，中有一个不大的院子，这便是"云山古寺"。据说，这座袖珍寺庙建于清嘉庆年间，时有一云游僧来黄坡化缘，见此孤山兀立、古木成林，颇有仙家气象，便驻足静修，聚财建寺。寺成，金佛入座，霞光满天，成为当地一大奇事。寺为石门，古雅精致，寺门上有一幅对联："云山日咏常如画，古寺林深不老春"。由于人多院小，我们只能分批进入院子听老师讲解。他说，1934年7月，正是中央革命根据地硝烟四起的激烈时刻，敌人开始对苏区进行第五次"围剿"，他们的飞机整天在沙洲坝上空盘旋，有一颗炸弹就落在毛泽东主席居住的屋角上。可是毛主席命大，中国人民有福，那颗炸弹愣是没炸。为保证中央机关的安全，中央决定将机关迁移到这里，并分散到附近多个村庄。中央局驻在丰垅村的马道口，中央军委驻在田心村的岩背，中华全总驻在沙排，少共中央驻在老屋场。中央政府就搬进这座山中古寺。由于地方有限，住在这里的除中央执行委员会主席毛泽东、中央人民委员会主席张闻天外，只有贺子珍及少许几名中央办公厅机要人员和警卫人员。当时的毛泽东和中国革命一样都处于低潮期，由于王明"左"倾错误路线的领导和共产国际派来的李德的错误指挥，红军屡战屡败，损失惨重，气得彭德怀怒骂李德："崽卖爷田心不痛"。毛泽东看在眼里，痛在心上，多次向中央进言，但都未予采纳。没有办法，他只好在这座小山上读书、思考，在附近的村庄调查研究。云石山古庙后面有一棵大樟树，枝叶婆娑盖满寺顶，树下有两块石头，就是当年毛泽东和张闻天读书交流、研究工作的地方。在那三个月的朝夕相处中，张闻天进一步增进了对毛泽东理想抱负、战略思维及战术思考的了解，也增进了两人的战斗友谊，这为后来在遵义会议上张闻天力挺毛泽东，确定毛泽东在党中央的领导地位，起到了重要作用。在小山上，我们踏着毛泽东的足迹走了半个小时。我很奇怪，在这个看不到泥土的石头山上，怎么会长出那么多参天大树，而且郁郁葱葱？

1934年10月，中央机关被编入第一野战纵队和第二野战纵队离开这里，开始二万五千里长征。毛泽东和贺子珍把三岁的儿子"毛毛"留在了这里，让贺怡交给黄坡的老乡代养，至今下落不明。听到这里的时候，我们每个人心情都十分沉重。一代伟人，为了民族的解放，人民的幸福，多少次妻离子散，这是怎样的境界，怎样的心胸？！值得安慰的是，红军走后根据地所有中央机关办公的地方都遭到了敌人的破坏，只有这座小山，这座古寺至今完好无损。1987年被列为江西省文物保护单位，2005年被井干院列为学员现场教学点。

红都拾萃

——井冈十日之九

1

瑞金的早晨，安静得像夏日里正午的水塘，连爱叫的青蛙都不忍叫出一声。要不是酒店有电话叫早，恐怕真要误了吃饭和上课的时间呢。

2

瑞金东行十里许，有一条江叫绵江。绵江之阴，是一片丘中平地，古木参天，浓荫蔽日。树林之中是一个不大的村庄，却有很大的名气，这个地方就是叶坪。叶坪本是叶姓人家的祖居之地，可这里时下的主人却是姓谢，村中最有名

走马观花　　**163**

的地方是谢氏宗祠，一座砖木结构，二进三间，占地有五百平方米的大房子。宗祠是家族祭祖的地方，原本有一个很大的神台，1931年9月，毛泽东、朱德、项英、任弼时等率红一军总部和中共苏区中央局一千人马来到这里，移去神台，增设了天棚，在这里召开了苏区一大和第一次全国苏维埃代表大会。至此，这里便成了共和国的摇篮。那是一个晴和的上午，从苏区各地来的两千多人聚在这里，项英主持会议并致开幕词，毛泽东代表中共苏区中央局作政治报告。大会制定了《中华苏维埃共和国宪法大纲》，通过了《中华苏维埃共和国土地法》《中华苏维埃共和国劳动法》《中华苏维埃共和国经济政策》，选举毛泽东、项英、周恩来、朱德等六十三人为中央执行委员会成员，宣告中华苏维埃共和国成立。会后，将祠堂两侧用木板分隔为十五个敞开式办公室，分别为中央苏区临时政府军事部、外交部、劳动部、司法部等十一个部委的办公场所兼部长宿舍，朱德、周恩来、林伯渠、王稼祥都曾住这里。这里是我们今天第一个课堂，我们坐在当年苏共一大代表坐过的木凳上，听当地党建专家讲述那段难忘的历史。课程结束之后，还搞了一个互动活动，就是模仿苏区一大场景，听领袖作报告。回首当年，心潮澎湃、热血沸腾。

3

叶坪第二堂课在老村的走马楼。这是中共苏区中央局从兴国县迁到瑞金的第一个办公地点。这是一栋土木结构的二层小楼，楼上设有回廊，因此当地叫做"走马楼"。在这栋楼里，毛泽东经常和乡村干部、老表拉家常、谈工作。据说，中央局进来的时候，警卫人员为了首长安全，曾建议把房东搬走。毛泽东听了很不高兴，他操了湘音拉着长调说："使不得，使不得，哪有庙佬赶走菩萨的？！"于是没人再敢吱声，他和朱德、周恩来、任弼时、王稼祥等中央局领导便和老乡一起住到了这里。他们还在这里创办了机关刊物《实话》，理论刊物《党的建设》。在这里，我们看到了毛泽东当年用过的铁皮公文箱、马灯和一把太师椅，我在太师椅上坐了一会儿，那木板上面仿佛还留有他老人家的余温。

4

在叶坪村中有个红军广场，是当年村民打谷晒粮和集会的地方。中央局迁来之后便将这里改称为红军广场，并在这里建了一座炮弹型的红军纪念塔，一个五角型的红军纪念亭。此外，还有一座为纪念在第三次反"围剿"中牺牲的红三军军长黄公略而建的公略亭，一座为纪念牺牲在第四次反 "围剿"中的红一军第五军团参谋长兼十四军军长赵博生而建的博生堡。此堡形如古堡，门楣上"博生堡"三个字是朱德元帅亲笔所题。还有一个就是红军检阅台。当年，毛泽东、朱德等老一辈革命家就是站在这里检阅红军，授旗授勋。我们来到这里的时候已是正午，太阳照在广场五座建筑之上，这时我才发现，五座建筑是呈"Y"型分布，整体格局有点像北京的天安门广场。讲解员介绍说，这些建筑都是钱壮飞设计的。本家烈士，听了，心底顿生敬仰和自豪。

5

两点钟，我们转到位于瑞金城西的沙洲坝。来到的第一个地方是中华苏维埃共和国中央执行委员会旧址。这里原是杨家祠堂。一座二进五间的两层楼。楼前有院，院外有塘，塘边有一棵百年香樟，三干并生，冠盖屋顶。当年毛泽东、何叔衡、梁柏台、徐特立都住在这里。值得一提的，这里是产生思想和主义的地方，毛泽东《必须注意经济工作》《怎样分析农村阶级》《我们的经济政策》《新的形势与新的任务》等光辉著作都是写在这棵香樟树下的小楼。

6

毛泽东在沙洲坝做的最让老百姓感动的一件事，就是带领中央政府工作人员和当地群众一起挖井。沙洲坝这个地方虽然雨水丰沛，但地下水脉却很难找。在中央局到来之前，这里的百姓多少年来都是吃水困难。毛泽东看在眼里，急在心上，他带着工作人员围着元太屋周围四处探寻，终于在屋东约百米的地方发现了水源，于是亲自操起铁锹带领工作人员、战士、百姓一起挖起井来。这个故事写在小学课本里，叫作《吃水不忘挖井人》。今天来到现场，才知道这口井被当地人称作红井，是国家重点保护文物。井已被当地政府用围栏围起来，是一部具体的爱国主义教材，是世界各地游人来到瑞金必看的名胜。虽然经历了近八十年的风风雨雨，井水依然清澈甘甜。我们每个学员都喝了一口，不是因为口渴，而是因为这口红井是共产党人脉管中血液的源泉。

7

在元太屋西一公里的地方是一片黄色的土丘，丘上是一片松林，林中有一个村子，叫老茶亭村。这是我们今天的最后一站，我们来上的目的，是瞻仰中华苏维埃第二次全国代表大会会址。这是1933年临时中央政府为召开第二次苏大临时兴建的。礼堂占地面积不大，仅一千五百平方米。但它的造型却十分奇特，从空中鸟瞰，是一顶平放的红军八角帽。楼为八角，宽敞宏大，可容两千人在这里集会。中共二次苏大就是1934年1月在这里召开的，也有两千多人参加。这次会议在中共党史上十分重要，毛泽东致开幕词，并代表中央执行委员会和人民委员会做了工作报告。通过了修改后的《中华苏维埃共和国宪法大纲》，以及苏维埃建设、红军建设、经济建设等决议，决定了国徽、国旗和军旗，选举产生了第二届中央执行委员会和人民委员会，毛泽东、张闻天分别当选为两个委员会的主席。

8

离开瑞金的时候，天色已晚，但大家依然恋恋不舍。这里曾是红色中国的心脏，这是中华人民共和国的摇篮。老一代革命家的青春留在这里，革命烈士的鲜血洒在这里，这是我们每一个共产党人心中永远的圣地。返程的路上，每个人的眼睛都始终盯着窗外，直到夜幕降临，天空和闪过的城市繁星点点。

最后的课堂

——井冈十日之十

茨坪的早晨依然大雾，从学院楼里出来，脸上就有一种湿漉漉的感觉。今天是我们进井干院学习的第十天，也可以说是教学日程中的最后一天。今天要在两个地方上课，一是黄洋界，二是茅坪。

黄洋界已经去过一次，是重走朱毛挑粮路的时候。但那天走的是黄陇镇，车开到源头村便停了下来，徒步沿当年红军战士挑粮的羊肠小路走到黄洋界哨口，还来不及领略它的风光，就匆忙地下了山。那时已是下午两点，山中时雨时雾，除了能看到印在人民币上的五指峰外，几乎什么也看不清楚。一片山的幻影，一片雾的海洋。今日再次登临，去感受它峰峦叠嶂的雄伟，去领略它刀削斧砍的险峻，不免有些激动。车出茨坪，忽然云开雾散，阳光顺着我们前进的方向照在竹林松海之上，一片灿烂。尤其那一缕缕白云，像玉带一样缠绕在远山，亮的澄净，亮得耀眼。进山十日，今日才真正感受到它神圣之外的另一种美。带了相机的隔窗拍照，没带相机的便睁大了眼睛。可大美总要深藏，瞬间又拉上了帷幕。车行十七公里，到黄洋界哨口的时候天空便又飘起雨来。

　　黄洋界是当年井冈山五大哨口之一，著名的黄洋界保卫战就发生在这里。1928年秋天，蒋介石发动第二次"会剿"，当时毛泽东、朱德正带红四军主力在湘赣边界作战，井冈山只有留守的两个连，国民党军派出四个团的兵力从四面围拢上来，想以此为突破口进入井冈山腹地。可他们万万没想到，红军除了自己的部队之外，还有地方党组织和人民群众，他们一夜之间就在山上山下部署了五道防线。第一道防线是竹钉阵，是用人粪尿浸泡过的竹签子，一根根插到地里，粪尿泡过的竹签带有剧毒，且坚硬锋利，铁鞋踏上也能戳穿。第二道是战壕，深二米，宽三米，人可以进去，却很难出来。第三道是竹篱，将山上的青竹撅倒，编成篱笆，密不过鸟，连一只兔子想过去也得绕行。第四道是滚木檑石，这是从古典小说中学来的招数，即将搂粗的原木和石头用绳索吊在半山腰上，大敌当前，以刀断索，木石滚落，势不可敌。第五道就是红军主力的枪林弹雨。是日，国民党军发动多次攻击，均是无功而返，始终无法冲破这五道防线，且伤亡惨重。当晚，再次发起攻击，可刚刚用一具具尸体铺过第一道防线时，他们的指挥所即被红军的炮弹击中。其实，当时黄洋界炮台上仅有三发炮弹，还出了两个哑弹，仅这一枚就让他们魂飞胆丧，全线溃败，落荒而逃。当这一消息报告给毛泽东的时候，他激情澎湃，欣然提笔，写下了《西江月·井冈山》。"山下旌旗在望，山头鼓角相闻。敌军围困万千重，我自岿然不动。早已森严壁垒，更加众志成城。黄洋界上炮声隆，报道敌军宵遁。"以此对这场战斗志庆。

我们爬到炮台上和立下汗马功劳的大炮合影，又挎着枪到营房门口去拍照，雄赳赳，气昂昂，就像当年打了胜仗的红军战士一样。然后，又冒着雨向山顶进发，那里是一座始建于1960年的黄洋界保卫战胜利纪念碑。上有毛泽东和朱德的手迹。碑有两块，一横一竖。横碑正面是毛泽东的《西江月·井冈山》，竖碑的背面是"星星之火 可以燎原"。黄洋界这个当年反"围剿"的战场，现在除是爱国主义教育基地外，也是红色旅游景点。据说1964年，末代皇帝溥仪还专程来过，并写下了《黄洋界旧战场》的诗："到处红旗噪妇孺，粟浮沧海放心孤；炮声怒吼黄洋界，白匪平明一个无。千点红旗四面山，万夫颠顿妇孺关；梭镖木石成天险，骄敌宵遁指顾间。"

茅坪位于井冈山中部，黄洋界脚下，东邻柏露，南接大陇，是宁冈县的地界，距砻市十六公里，距茨坪三十六公里。这是一个狭长的盆地，四面环山，中有一水，叫作茅坪河。河边有一座建于清代的祠堂，"谢氏慎公祠"，当年是农民自卫军袁文才部队的大本营。毛泽东率队三湾改编之后，第一站就来到了这里。他们在这里召开了湘赣边界党的第一次代表大会，选举毛泽东为特委书记，朱德、陈毅、谭震林、陈正人、袁文才、王佐等二十三人为委员。祠左是谢氏中医的宅子，先生行医，亦擅八卦，为补风水不足，在屋顶开了一个八角形的天窗，用玻璃瓦镶上，既挡雨又透光，故称之为"八角楼"。毛泽东来到茅坪，就住到了这里。他在这里有两大收获。一是认识了女侠贺子珍，后来结为伉俪，收获了爱情；二是写下了《中国的红色政权为什么能够存在？》《井冈山的斗争》两篇光辉著作，为中国革命走农村包围城市、枪杆子里面出政权的正确道路奠定了理论基础。我坐在毛泽东当年探索中国革命道路的桌前，看着他留下的遗物，心情久久不能平静。当时的毛泽东，已被在上海的中央撤销了中央候补委员的职务，他依然孜孜不倦地思索土地革命和壮大红军队伍的事情，这是一种什么样的胸怀、什么样的精神？当时，住在这里的还有朱德和陈毅，他们住在二楼，毛泽东和贺子珍住在三楼。在三楼的房间里，至今还留有红军战士写下的标语，还有毛泽东用过的架子床、茶几和一把高背椅，还有一盏清油灯和一方砚台。睹物思人，感慨万千。

课业结束的时候，我们在毛泽东旧居的门前遇见了袁文才的孙媳妇，一位古稀老人。她穿着破旧的衣裳，梳着过耳短发，脏兮兮的样子。当地人告诉我们，她患有老年痴呆症，生活基本不能自理。尽管如此，我们依然在她身上感受到了井冈山人的淳朴善良。她邀我们到她家做客，样子十分真诚。彼时彼刻，我的心里酸酸的，不仅仅因为眼前这位辛酸的老人，更是因为我们党内一个时期思想路线的错误，竟然杀了袁文才这个中国革命的功臣。袁文才作为绿林好汉，作为共产党员，作为军队将领，他都是十分出色的。他能够敞开大门让毛泽东的队伍进山，他能够把自己的队伍编入朱毛红军，这是任何一个山大王都不可能做到的。他做到了，他的兄弟王佐也做到了，这是中国革命火种得以保存，并实现"星火燎原"的基本前提。

离开茅坪，我的心好久收不回来，我的眼前始终晃动着那个佝偻的老妇的背影。

长春这片土

　　长春是一块福地。上溯百年，这里是满清政府的封禁之所，水草肥美，地广人稀，万顷草原是一望无际的绿色的大海，千顷森林是大海上滚动的波涛。蒙古人、满洲人、土生土长的汉族人，过着棒打狍子瓢舀鱼、野鸡飞进饭锅里富裕而安逸的农耕生活。黑土抓一把能捏出油来，插根扁担也能发芽。猪马牛羊，膘肥体壮，家鸡野鸡同食同宿，獐狍野鹿兔犬共嬉。夜不闭户，路不拾遗，邻里和睦，长幼有序。如果陶渊明能转世重生来到这儿，肯定可以再写出一篇更精彩的《桃花源记》。到了大清康熙年间，随着民族融合的推进，关里关外互通互融，山东、河北、河南的流民就盯上了这里，他们拖家带口，挑筐背篓，不顾朝廷的禁令，千里迁徙，跑马占荒，安营扎寨。一批一批，一代一代，聚户为村，聚村为镇，聚镇为城为市。长春就这样于伊通河畔壮大，至今已有两百零九年。

两百年间，长春这座城市和曾经贫穷落后的国家一样，经历了无数磨难。可它是坚强的，始终不屈不挠，最后化险为夷转危为安。先是沙俄对这片沃土垂涎八尺，用洋枪逼着中国人在自己的土地上为他们修建中东铁路，然后把煤炭、木材、粮食运回远东。如今，在长春铁北还保留着沙俄火车站、沙俄兵营，这都是那段历史铁的见证。后来就是日本人，他们把满清王朝末代皇帝挟持到东北，在我们的国土上设立一个他们说了算的国家，叫伪满洲国，让溥仪作傀儡皇帝。他们在这里霸占了十四年，把长春这座刚刚兴起的小城作为国都，并请德国的设计师为这座城市做了规划。直到今天，长春城市的整体风格仍然很像西欧，特别是像柏林。他们在这里建皇宫，建行政官衙，建工厂，建学校，建医院。现在的吉林省委所在地，就是当年的关东军司令部。还有原白求恩医大、医大一院、四六一医院，都是当年伪满洲国的衙门。这是历史遗迹，更是帝国主义侵略中国的史实。再后来就是国民党，在这里驻扎了两个军六个师，直到1948年，解放军十万大军将这座城里的国民党军队困死，生活在水深火热之中的长春人才重见阳光。从这一点上看，还可以说长春是一座英雄的城市，一座为民族独立，为全中国解放做出巨大贡献和牺牲的城市。

解放以后，在共产党的领导下，长春这片盛产大豆、高粱的土地，开始生产汽车、生产火车、生产拖拉机、生产自行车。中国的一汽在这里，铁路机车厂、客车厂在这里，拖拉机厂在这里。这里是新中国汽车的摇篮，第一辆红旗在这里下线。所以，当时这座城市也曾被誉为"坐在轮子上的城市"。现在，这座城市的汽车生产能力已达到一百万辆，除中国一汽以外，还有德国大众、日本丰田、马自达、恒力等多个整车和改装车生产厂家。为了壮大民族汽车工业，这座城市拟到2014年实现汽车产能二百万辆，打造真正的国际汽车城。为了发展汽车产业，长春还和一汽共同建立了占地一百二十平方公里的汽车产业开发区。建区三年，入区企业达二千零六十二户，年产值达245亿元。还有轨道客车，已有年产八百辆动车组，产值300亿元的生产能力。国内外许多城市的地铁、轻轨客车都产自这里。由于汽车工业的快速发展，城市整体经济实力不断增强。1988年，我刚到长春工作的时候，长春的GDP仅为97.3亿元，地方财政收入7亿元，工业产值113.1亿元；到2008年，GDP为2588亿元，规模以上工业产值3600亿元，地方财政收入370亿元。城市面积是当时的两倍，建成区已达三百平方公里。当年的郊区已变成市区，当年的菜园已变成公园。

长春还是一个文化底蕴深厚、科技实力突出的城市。各级各类大专院校五十多所，吉林大学是目前国内规模最大、学科最全的综合性大学。建校五十年来，走出多位国家领导人、部长、将军、科学家、著名学者、诗人、作家。还有东北师范大学、航空航天大学、长春理工大学等等，人才济济，桃李芬芳。科研院所一百多个，两院院士、长江学者数十人。在全国特大城市中，科教文化实力仅在北京、上海、南京、西安之后。神五、神六、神七上天的摄影设备都产自长春光机所，杨利伟等宇航员都毕业于长春航空大学。长春人不仅有文化，更有品位。在长春城南有一座占地一百公顷的雕塑园，世界最大，中国仅有。有来自二百多个国家的三百多位当代雕塑家的四百多件作品。徜徉其中，如游仙境。雕塑园中还有一个雕塑馆，雕塑馆中藏有目前世界仅存的几百件非洲马孔德木雕，堪称稀世艺术珍宝。长春经济不发达，可长春愿意办各种各样的文化展会，比如雕塑展，1995年以来就办了九届，书展、画展、奇石展、花木展，年年都办。电影节也办了八届。说起电影更是长春人的骄傲。长影是新中国电影的摇篮。全中国五十岁以下的人可以说都是看长影电影长大的。长春建城两百年，历史并不久远。可长春人注重历史，辽金遗迹、满清遗迹、沙俄遗迹、伪满遗迹，能列为文物保护的都保护起来，既为建筑历史，又能警示后人。

要说最令长春人自豪的，还得说长春的环境。这儿地处松辽平原腹地，地势平坦，天朗气清，风和日丽，四季分明。据国家气象部门统计，长春年二级以上优良天气占三百四十天以上，在中国仅次于昆明。长春地处平原，可在城边上有一百平方公里的矮山，是目前亚洲最大的一片人工森林。其中还有一片水，五六平方公里的水面，这就是净月潭国家森林公园。春天，林绿树茂，潭清水碧；冬天，冰封大地、白雪皑皑。于是，长春人夏天就办旅游节，让全国乃至世界各地的人都来赶着纳凉休闲度假；冬天就办滑雪节，让没见过雪的南方人乐不思归。长春理论上属于贫水区，可长春城里到处都能见到水。伊通河正在整治，城中三十里，碧水连天，夹岸已变成了公园；南湖越来越美，死水已经变成了活水，周边的树林越发茂密，各种小鸟已经到城中安居；西有西湖、同心湖、天嘉湖，北面还要开挖北湖。长春最多的就是树，路边有树、庭院有树、公园绿地也有树，虽还不能说城在森林中，但人在街上肯定处处都有树陪着走。

　　这就是长春，我所熟悉的这片土地。中国青年出版社邀我为韩耀旗先生写的《英雄中国·长春卷》作序，我一时就想到这些。看后能不能让你了解这座城市都无所谓，因为有书，精彩的都在他的书里。

长春的母亲河

　　仁山智水。一座城市如果有山有水，就会平添许多俊朗、许多灵气。长春有山，但山都矮小，自城市东南逶迤而北，绵延百里进入吉林境内。其实准确地说应该叫丘陵台地，因其与长白山脉相连，故而在平原人看来这便是山了。它虽不高大，却让这座城市有了厚重，有了依靠。据说在白垩纪的时候，这片偌大的松嫩平原是一个湖泊，那这些低矮的山就应该是它的岸了。长春有水，水为伊水，是一条自南而北的内陆河，叫作伊通河。它发源于长春南边的伊通县，河长三百四十公里，纵贯伊通、长春、农安、德惠，并入饮马河，汇入松花江。史书记载，伊通河于康熙二十年（1682年）通航，可行三丈五尺大船，每船装米六十石。河宽三十米，最窄处也有十五米，是清军抵御沙俄侵犯黑龙江运送粮草辎重的重要水上通道。伊通河流经长春市区三十公里，是长春这座城市的母亲河。它像所有的河流一样，是人类繁衍生息的温床，是社会文明的摇篮。它见证了这座城市的诞生、发展与变化，它哺育了一代又一代勤劳、善良、朴实的长春人民。

长春这座城市，原是这条河岸畔的一个村庄。道光五年（1825年），由于清政府将原设在新立城的长春厅衙门搬到了这个叫作宽城子的地方，它才日渐兴隆。其时虽为康乾盛世，但由于封建统治者在中原地区大肆兼并土地，致使山东、河北、河南广大农民失去了赖以生存的家园。他们流离失所，四处逃难。由于伊通河水道的开通，这片被朝廷封禁的富饶土地越来越被世人垂涎，流民们冒死北上，跑马占荒。人多了便聚众成市，五行八业随之产生。到同治四年（1865年），这个村落已发展成为占地八平方公里，拥有四万人口的集镇。长春厅也升格为长春府。杂货铺、药铺、皮铺、点心铺、烧锅、油房、豆腐房、粉房、染房、铁匠炉遍布伊通河两岸。如今的烧锅店就是当时山西人烧酒的地方。那时，在长春大桥和东大桥下都设有码头。据世代居住在伊通河畔的老人讲，到1915年时还有船户开着七米长的大船在水上贩米，日夜往返于长春和伊通之间。到1918年，城区河段还跑过火轮，上行每日一百里，下行每日一百八十里，船价每百斤一吊钱。到伪满洲国初期，伊通河上还有短程航运船家上百户。水量之大，可见一斑。

随着流域人口的增加和人类活动范围的扩大，大部分涵养水源的森林和草地被开垦为农田，伊通河水量自清道光年后逐年锐减。特别是上个世纪六十年代新立城水库修建之后，除丰水年排洪期之外，市区河段几乎断流。平水年或少雨年，即使雨季有雨水进入伊通河，也仅仅是一条小水沟。同时又有城市污水汇入，污染严重，奇臭无比，沿岸居民苦不堪言。"还我汤汤伊水，治理母亲河"从上个世纪90年代起已成为长春全体市民的共同心声。1996年6月以来，长春几届市委、政府耗巨资相继实施了伊通河城区段治理工程。十二年过去，城区段的伊通河已发生翻天覆地的变化。污水已经得到有效治理，河岸砌上了石头，河滩和堤坝种上了树木花草，夹岸开通了公路。从卫星桥到四化桥十四公里全线储水，沿岸建成二十四个可供市民休闲和供游人参观的景区，昔日的臭水沟已变成了一个以水体为主，初具规模的带状公园。水上虽暂无舟楫穿梭往来，但水体澄净，水面宽阔，已孕育了勃勃的生机。有水草茂密，有禽鸟栖息，有燕穿长空，有鱼翔浅底。但这并不是一幅完美的图画，它还需要不断地补景添色。市政协于2004年曾组织在长历史、民俗、建筑、水利等各方面专家学者，兵分七路赴伊通、东丰、公主岭、农安、德惠以及长春市区泛伊通河流域进行调查，并召开了专题研讨会，退耕还林，植树种草，截污治污，已成为人们的共识。当下，市委、市政府还将动更大的手笔，正在谋划和南部新城建设一起治理母亲河的上段，同时进一步改造中段和下段，还要在两岸建设数块湿地，在下游开挖面积达五平方公里的北湖。让城市亲水，让市民亲水，要把这条母亲河打造成这座城市的风光带、生态轴，造福于子孙万代。期待在不远的将来，这条曾见证过古夫余国、高句丽、渤海国乃至辽金兴衰，并哺育出元明清以来，张孔孙、依克唐阿、巴奇兰、鄂硕、费扬古、宋小濂、李世超、王希天等历史名人的母亲河将焕发青春、再放异彩。

夏天这座城

　　前几天一个晚上，正在和几个朋友吃饭，李存葆打来电话，询问长春一家上市公司的情况。我说不错，虽然地产和证券形势不好，可他们的水泥异常走俏。从哈尔滨到大连正在修快速铁路，他们的水泥标号高，质量好，已取得独家供应权。还有，与荷兰的合作已经成功，不日将有三亿美金到账。他说，那好，那好。现在，国家扩大内需，实施积极的财政政策和适度宽松的货币政策，对于股市来说，这就是在救市啊。你们要把握机会，适当时候补仓。我十分感动，他这么大个作家又是部队院校的首长，每天那么多事，居然还没忘记一句笑话。年初，股票烫手。一个朋友见人赚钱，眼睛就红了，倾囊入市，期望一夜暴富。没想到股票到手风云突变，原本天天牛市，却一路走低。梦想弄条长裤，现在只剩下裤衩了。上次他来长春，我们谈起此事，大家就笑。说这哪是炒股，这是赶集啊。存葆的一个朋友，也是买了这家公司的股票，大家是同命相连啊。

其实，认识李存葆也是今年的事。长春举办消夏节，他和叶辛、叶文玲、舒婷、邓刚、阿城、鲍尔吉·原野、孙惠芬都是组委会请来的嘉宾。长春这座城市越来越能折腾，先是搞电影节，接着办汽博会、农博会、民博会、教育展、雕塑展，现在又办消夏节。客观地说，长春确实是消夏的好地方。这里到处是树，走在路上，树可以作伞，进入庭院，便以树作墙。一蓬蓬柔丝飘动的是柳，一簇簇散发香气的是丁香。还有杏树、桃树、李树、核桃树，随处可见。进入夏天，青果满枝，走在树下，神清气爽。还有垂柳、榆树、柏松、蒙古栎、白杨。现在白桦树、紫椴、柞树也走进了城里，和老百姓一起饱览都市风光。为了丰富树种，园林部门还从辽宁丹东引进了银杏。这种树很娇贵，土壤要肥，阳光要足，还得避风。到了秋天要防霜，到了冬天还要防冻。现在，市委大院、伪皇宫花园、南湖已有几十棵成活。长春还有一个一百平方公里的森林公园，现在已和市区连为一体，公交车十分钟一趟，轻轨半小时一趟，不坐公交，不坐轻轨，也不开车，骑上自行车，哼着小曲在林荫路上奔跑，更爽。

长春本来缺水，可长春人善于引水。他们在伊通河上游修建一座水库，在城南开挖了南湖，在城西开挖了西湖，在城东开挖了东湖，现在正在谋划开挖北湖。还有净月潭、同心湖、天嘉湖、柴户张水库、八一水库，等等。据不完全统计，在市区三百平方公里的土地界内，有大小湖泊、水库二十余座。他们还在全力改造伊通河，要把昔日城市的排洪道打造成二十公里长的水体公园、建设城市生态轴带。长春人还喜欢养花。一到夏天，城市的公园里，小区的草坪上，街边的绿化带，学校的操场旁，机关单位的楼顶，家家户户的阳台，处处都有鲜花盛开。长春人养花讲究，不益健康的花不养，开得不美的不养，开得艳丽但俗气的也不养。于是，人们愿意养兰，而且更愿意养君子兰。上个世纪80年代，一个月只赚几十元工资的时候，一棵上品君子兰就能卖到上万元，贵者达十几万元。人们把它叫绿色金条。那时，家家户户的阳台，甚至卧室都成了花窖。现在普及了，价格不再那么昂贵，可老百姓还是爱养，而且要把它发展成一大产业。君子兰夏天不开花，只能看叶。有人就问，既然不开花养它作甚？答曰：此非爱花也，而是爱君子啊。长春不产牡丹，可长春人偏喜欢牡丹，在市中心为这花中仙子造了一座好大的牡丹园。长春牡丹不比洛阳牡丹、菏泽牡丹，她们花开中原，总是忸怩作态，想要张扬却羞怯怯地放不开。所以，牡丹节的时候，爱好摄影的游客们必须要等，而且一等就是好几天。花开了也便落了，光景十分短暂。牡丹来到长春，入乡随俗，和北方的女孩子一样，变得十分大方，十分勇敢。要开，就开得张扬，开得灿烂。但长春牡丹比洛阳牡丹、菏泽牡丹开得要迟。春风吹过，春雨浇过，桃花开了，杏花谢了，她还了无声息。枝慢慢地伸，叶慢慢地绿，花苞则似贪睡的娃娃，迟迟睁不开眼睛。可进了六月，情形则大不一样，花苞变成花蕾，花蕾张开小嘴。一夜小雨过后，阳光下满园芬芳。一朵朵如拳如碗，争奇斗艳。红就火火的红，黄就灿灿的黄，白就白得如同凝脂，粉就粉得像少女的脸蛋儿。游人们就从四面八方赶来，一批，一批，百看不羞，月余不败。

有树、有水、有花，长春夏天的空气就比别处的空气洁净。特别是雨过天晴，站在城市的任何一个角落，深深地吸上一口，都会觉得那空气是甜的。北方人大多气管不好，可你来到长春过夏，绝对不咳嗽、不喘。长春人爱干净，不单街道扫得光亮，人也要穿戴整齐。夏天，男士大多喜欢白色，女士则无论老少都愿意穿得花枝招展。逢到周末，便去逛街，一天下来，身上无尘，脚下无泥。最奇特是这里的气候，艳阳高照，阳光射到身上不热；远离湖海，风吹到脸上不干。三伏正午，待在屋里纳凉，只要打开窗子不用空调；盛夏夜晚，关上窗户还需盖被。南方的凉席向来在这里卖不动，小孩用的痱子粉也常常滞销。

可惜，这座城市让世界认识的太晚。十几年前，外国人只知道中国有一汽，不知道一汽在长春。南方人知道一汽在吉林省，不知在哪座城市，所以，来一汽买车，坐火车坐到了吉林市。更可笑的是，香港回归后，一个香港人给亲戚发信件，竟写成了辽宁省长春市。六年前，在长春开全国省会城市党委秘书长座谈会,有一半的人没来过长春,却都去过沈阳、大连、哈尔滨。如此,长春人就着急了,着急这么好的风光没人欣赏,这么好的夏天没人来一同享受。于是,就举办这个消夏节,就请来这些作家来写长春。那天中午,我以文友身份请他们吃饭,他们都说长春的夏天真美、真好,要说消暑,哪一点都不比承德差,可是过去没人知道,是藏在深闺人未识啊。舒婷说,她曾来过,可来去匆匆,印象不深,也未曾想过要写。邓刚说他30年前也来过,那时他在三线当工人,铺输油管道,在城外施工,没到城里逛过。这些人还真是真诚,在饭后的座谈会上,认认真真地帮长春把脉。他们说,广州叫羊城,三羊开泰,哈尔滨叫冰城,世界扬名。为何?特色鲜明,好记。长春叫汽车城、电影城、森林城,还叫文化城、食品城、雕塑城,城多则乱,让人无法记住,也无法分清。独树一帜是旗,彩旗飘飘就变成了经幡。还有人例数了长春的许多特色,比如独一无二的伪满洲国遗迹,比如举世无双的雕塑公园,比如中国最大的大学吉大,中国最大的汽车厂一汽,等等。可我觉得,这些特色虽属于长春,也能代表长春,但他们都不能让长春成为全国的长春和世界的长春。真正能让人向往的是这座美丽城市本身,是城里城外那一片片水,一片片森林,是夏日里清新凉爽的空气,是蓝天白云的晴空,是宽阔整洁的马路,是风格独特的建筑。还有这里开朗大方、热情好客、淳朴善良的人。以及"宽容大气、自强不息"的城市精神。这里适于人居，适于创业，更适于旅游观光、休闲度假，特别是避暑。这座城市虽不古老，但文化积淀厚重；这座城市虽无名山大川，可生态环境良好。沿人民大街，新民大街乃至自由大路、解放大路行走，处处可见森林式的庭院，花园式的小区，仅在市区内就有南湖、长春、松苑三座园林式星级宾馆。省宾馆虽庭院浅浅，却面对人民广场一大片森林。

那一天讨论得十分热烈，我始终没有机会向他们说出我的想法，但我已感觉到他们对这座城市的热爱。因为每个人在发言时都表示愿意再来，愿意回去好好写写长春。他们真的写了，有的寄给了吕钦文，有的寄给了张洪波，还有的寄给了我。钦文已将其编辑成书，叫《著名作家看长春》，即将面世。寄给洪波的，将在《大家散文》上发表。寄给我的，将为明年"中国，有座城市叫长春"散文大赛壮威。那天，舒婷、迟子建和长春的作家金仁顺没有发言。可我读了她们的文章，文章都对长春充满了深深的情感。看来，女人语贵，写作的女人语更贵，她们各惜言语，却善于用笔、用文字来表达感情。

那天，是6月22日，太阳从北回归线上返回。那天，也是我儿子的生日。半年过去，恍如昨天。

附录：长春消夏节为长春市人民政府主办，长春市旅游局承办。李存葆他们都是张笑天先生出面邀请来的。笑天是长春的功臣。同请的还有陈世旭、熊召政、赵本夫，他们有的因事未到，有的有事先走，所以，我未能见到。但他们每人留下一本书并签了名，这是永久的纪念。本省作家还有乔迈、宗仁发、张洪波。钦文是重要参与者和组织者，情倾长春，功莫大焉。

镜头里的长春

六十年一个甲子，今年长春解放六十周年，是六十大庆。长春市档案局将记录长春历史的照片整理成书，让世人一睹这座城市的旧貌新颜，意义十分重大。特别是编选者将新老照片比对排列，并附以简洁明了的文字说明，更加明了地让人感觉出这座城市解放六十年来，在中国共产党的领导下发生的巨大变化。

在中国的城市里，和白发苏州、花发洛阳乃至满清的临时都城奉天相比，长春是一座年轻的城市。二百年前，在辽阔的松嫩平原上，长春还只是满清朝廷赐封给蒙古郭尔罗斯前旗札萨克辅国公游牧地内的一个村落，户不足三千，人不过万口。这些人大多是乾隆年间闯关东的山东、河北等地的流民，他们抗不住本土的饥荒，拖儿带女来到边外在朝廷的牧马场上跑马占荒，繁衍生息。嘉庆五年（1800年），朝廷为了管理日渐增多的流入蒙地的百姓，设立长春厅理事通判官衙，治所在今净月开发区新立城镇，原地现已被水库淹没。道光五年（1825年）北迁至"宽城子"，即今市内南关区大经路一带。至此，长春的政治、经济、文化中心得以在"宽城子"确立并发展。又四十年后，开始修筑城墙，长春从此真正有了"城"的概念。一百年前，满清王朝日渐衰败，到19世纪末20世纪初叶，俄、日两个帝国主义侵略者根据不平等条约，以中国东北为战场厮杀后分赃，长春从此成为这两个"强盗"争相掠夺的盘中大餐。沙俄修筑的中东铁路和后来割让给日本的"南满铁路"，运来了镇压和奴役中国人民的军警和武器，运走了中国东北的粮食、木材、钢铁和煤炭。长春市区北部开始有了两个帝国主义国家的"铁路附属地"，享有治外法权，俨然就是国中之"国"。同时，长春城外的大马路一带，还在日本的淫威下被迫开为商埠。一时间，经营马匹、药材、布匹、米面油盐的商贩从奉天、八面城、五站、哈尔滨乃至远东和日本等地云集长春，使这座不大的小城变得异常热闹。此后的三十几年里，长春就是在这种既有封建统治、军阀称霸，又有外来势力压榨的灰暗历史背景下，艰难而缓慢地生存着。1931年长春沦陷后，日本殖民主义者妄想把这里变成他们永久的家园，他们操纵满清遗老遗少，成立满州帝国，把溥仪从天津接来做傀儡皇帝，长春改名为新京，成为伪满州的国都。他们在这里建皇宫，建关东军司令部，建国务院、政务院，建银行，建戏院，建歌厅，建妓院，还建了一座面粉加工厂。日本侵略者和伪满政权统治东北十四年，到1945年日本投降，长春已发展成为一座建城区达五十平方公里，人口达三十万的中等城市。据最近发现的史料记载，1945年在延安的毛泽东主席电告东北战场的林彪，要求东北野战军迅速攻下长春，党中央要移师东北，在长春建立新中国的首都。后来是什么原因没有实施这一方案无从可考，但可见长春这座城市当年在中央已有了特别重要的位置。所以，解放前后，长春不属于东北任何一个省，而初步确定为长春特别市，我们的第一任市委书记就是女将军刘亚雄。

　　长春于1948年10月19日解放。当年，当人民解放军和党的接收工作队进入长春的时候，饱受帝国主义蹂躏和战争创伤的城市已惨不忍睹，到处是残垣断壁，十室九空，饿殍遍地。据上了年纪的老人说，当年困长春，一个卡子里死去的人就成千上万。但这座城市是坚强的，在中国共产党的领导下，不屈不挠的长春人民很快擦干了眼泪和身上的血痕，艰难地站立起来，恢复生产，重建家园。特别是新中国成立之后，在中央的直接领导下，很快获得了飞速发展。一五时期，国家在这座城市里摆放了许多重大项目，中国一汽、铁路客车、拖拉机、柴油机、吉林大学、东北师大、长影、光机所、应化所等等。到了20世纪60年代，这里已成为新中国的汽车摇篮、电影摇篮和重要的科教文化基地。将解放前一座消费型城市变成一座新兴工业城市。改革开放三十年来，长春更是发生了翻天覆地的变化。楼在不断长高，路在不断延长，城在不断长大。水越来越清，天越来越蓝，树越来越多。环城高速环到了郊外，净月潭国家森林公园走到了城里。长春已发展成为建成区面积达三百平方公里，市区人口三百多万的特大城市。自然环境优美，物产资源丰富，工业基础雄厚，科教文化发达，人民安居乐业。它已成为在国内外有重要影响的汽车城，电影城，森林城。这里拥有世界最大的人工森林公园，面积达一百平方公里。这里有世界最大的雕塑公园，占地近百公顷，有当代二百多个国家和地区，三百多位雕塑大师的四百多件作品。最宏伟的是园中以"和平、友谊、春天"命名的主题雕塑，是程允贤、叶疏山等五位雕塑大师的合璧之作。如今程允贤先生已经仙逝，这件作品将成为稀世珍宝。园里还有一座雕塑展览馆，馆中还有一个非洲马孔德雕塑艺术馆，五百多件乌木木雕为长春籍旅非华人李松山先生捐赠，作品珍贵，松山先生爱国爱家的情怀更珍贵。这里还有东方好莱坞电影乐园，使长春电影制片厂在追求高雅艺术的同时，又开辟了为大众娱乐和城市旅游的新项目。还有终结中国封建社会历史的末代皇宫以及殖民主义者留下的伪满遗迹，让现代人永远不忘的历史。作为吉林省的省会，国家批准最后一批副省级城市，它已成为中国特别是东北，乃至东北亚地区重要的经济文化中心。中国长春电影节，长春国际雕塑展，长春汽车博览会，长春农博会，东北亚经济贸易博览会，长春冰雪节，长春消夏节，已成为世界知名展会品牌。无论清凉美丽的夏日，还是冰雪严寒的冬天，长春都是四海宾朋的热闹之地。热情好客的长春人已成为整个世界的朋友。

作为长春这座城市的一员，我深为我的城市自豪。这里不是经济最发达的地方，但确是发展激情最强烈的地方；这里不是最富裕的地方，但确是百姓最幸福的地方。当我翻看这些新老照片的时候，我感到无比亲切，无比幸福。我很乐意为这本书写下我想说的话。不是作为领导，而是作为市民。我希望有更多的人通过这本书认识长春，了解长春。长春是一座英雄的城市，有过苦难的历史。长春是一座功勋城市，为共和国的工业发展做出过巨大的贡献。长春是一座充满生机与活力的城市，它一定会拥有更加美好的明天。

我写完这篇文章的时候时值中午，天高云淡，丽日当空。有一群白鸽在窗前萦绕，它们上下翻飞，去去又回，后来居然落到窗台上不走，咕咕鸣叫，似有话要说。要说什么哪，我听不懂。莫非它们也在听我的自言自语，一时手足无措羞得满脸通红。

（本文系作者为《镜头里的长春》书写的序言）

文 化 广 场

　　在长春这座城市里，文化广场可以算得上是现代都市的一大景观。它坐落在市区中心，占地近二十公顷。北依古楼，南面长街，主体以青石铺装，其间有草坪镶嵌，主景雕塑巧夺天工，二龙戏凤蔚为壮观。正中偏北有一组极为奇特的建筑，那便是沉床式露天乐坛。偌大的乐池空旷悠远，每当丝竹管弦交相回应，置身其中便会飘飘欲仙，中轴两侧向上宽阔伸展，有如翘动的蝉翼，背负着青天。广场东西是两排茂密的白杨树，粗可合搂，高可参天，草地与树林之间，相连幽深的石径，四周还连缀着数不清的花坛。

　　广场的早晨最能展示这座城市的朝气。男男女女，老老少少都聚到这里来晨练。北方人不善花拳绣腿，但或跑或跳，豪气亦充溢其间。它能让你感受到这座城市充满着昂扬向上的斗志，充满着一种永不服输的精神。尤其当那群来自异乡的广场鸽子迎着朝霞飞上蓝天的时候，你会感到十二分的亢奋，你会顿增无限的精神。你会为你享有这一时刻而感到骄傲，你会为你生活在这座城市里而感到自豪。

广场的白天是游人的乐园。尤其是当周末来临之际，广场便涌动起五颜六色的人潮。有放风筝的，让喜悦飞上天空；有拍照的，在一瞬间留下永恒的微笑；有来享受阳光的，也有来享受绿色的，更有一些从很远的地方带着从农贸市场买来的玉米、大米以及面包赶来喂鸽子的。他们中有男有女，有老有少，当那些温顺的小精灵从他们手中啄去一份份关爱时，每个人都会露出同样的表情，那就是满足和快慰。如果你亲眼目睹这一切，你会马上联想到巴黎、联想到维也纳。你会自豪地说，我们的城市也同样拥有文明。

广场的夜是温馨的，温馨得如五月里的梦。当华灯初上，茵茵的绿草在白光之下显得更加剔透晶莹。那些高高矮矮的灯十分别致，横竖交织，构成了广场一道特殊的风景。夜是爱的巢穴，当你置身于夜色中的广场，无论是谁都会为一个"情"字而感动。你在这里见到的男人女人无论是老是少，大多都成双成对，或夫妻或情侣，相搀相扶，相依相偎，情在其中，爱在其中，乐亦在其中。偶有三五成群，必定是老少三代，或是夫妻带子，或是朋友小聚，欢歌笑语，其乐融融。

但你看到的这些并不是文化广场的全部。这个在全国大城市中有名的广场才刚刚完成一期工程。它的明天将会更加美丽，东南将植一片桃林，西南将植一片杏林，东北、西北还要各添一组具有关东特色的园林小品。而且还要在它的最北端建设一个多功能的运动场，届时它将以更加绚丽的景色，更加齐备的功能迎接八方游人。

当然，我向您展示的只是这个广场的夏季，我们还没领略它的冬天。但请相信以其景观之深远，场面之浩大，待银装素裹之时，有生灵之装点，有群楼之映衬，它定会展现出北国春城的另一番神韵。

山 水 杂 说

　　峨嵋天下秀，青城天下幽。蜀中山水自有蜀中特色，为天下人所倾慕；华山天下险，黄山天下奇，中原、江下之山，自有其奇绝之处，更令人乐而忘返；泰山天下雄，长白多豪气，齐鲁、关东山水亦有北方特有之神韵，给人以恢宏壮美之感。这是山水之胜，是鬼斧神工，是大自然赐予人类的美景。然而，山水胜虽胜，若无寻访者觅之，无名人雅士赏之，无美文妙画传之，亦如沙中明珠，石中金玉。所以，美景需要人赏，需要画记，需要文传，没有这些便没有所谓名山胜水。桂林山水甲天下，其声名远在前述诸多名山之上，原因并非在于山水，而在于有宣传它的奇画美文。从唐代开始，直至当代，多少墨客文人，大儒名仕歌之咏之。杜甫、韩愈、白居易、黄庭坚、李纲、范成大、解缙、袁牧以及现当代的陈毅、贺敬之等等，便写下数以千计的桂林山水诗文，让赏之者永志之，让未见者神往之。我于去年南下考察时路过此地，并沿路南下柳州。我看柳州山水，亦与桂林无别。有山便拔地而起，姿态万千；有水便蜿蜒曲折，清澈如镜；山多有洞，洞幽景奇。以我观之，"山青、水秀、洞奇、石美"八个字岂可桂林独占。柳州的同志带我们去看了大龙潭，那里群山环抱，石奇水美，绝不亚于桂林风景，但何以名不见经传？未被人识，未被人传也。

由上述随想推及到我们长春的山水景区——净月潭，亦足以发出同样的感叹。在我们东北的城市中，沈阳有故宫、北陵，大连有棒槌岛、老虎滩，哈尔滨有太阳岛，我们省内的吉林市有北山、丰满、北大湖，其名气都在净月潭之上。原因何在？在于开发与宣传。一首《哈尔滨的夏天》把太阳岛唱遍神州大地，一次冬运会让北大湖名扬四海，这就是宣传。其实就净月潭来说，山水虽无匡庐鄱阳之美，但山依水走，水傍山环，林深树茂，草密花鲜，有太平钟楼之灵秀，有天然浴场之清幽，亦足以让人修心养性流连忘返。但是，为什么如此清幽之处，不能成为旅游胜地，概因外人不知，家人不识也，亦可谓开发不够，特点不足矣。历揽名山胜水，除自然风貌之外，无不假以人文景观，或曰文化背景。如中岳嵩山，峰无险峰，岭无峻岭，石无奇石，树无奇树，但这里是中华文化的源头之一，周公曾在此测日影以定地中，元朝时为记此在阳城建有观星台。这里有周柏二株，受过汉武帝的册封，称之为大、二将军。这里有北魏太和年间建造的少林寺，闻名中外，是印度高僧达摩依苇渡江传经之所。这里更有北宋洛派理学大师程颢、程颐兄弟讲学的嵩阳书院。此等文化遗迹数不胜数，故使之声播海内，令人无不向往。再说庐山，奇秀固然奇秀，但与新近在湖南开发出来的张家界相比，大抵要逊色许多。然而它从东晋开始，就已和文化结缘，成了历代文化名人的云集之地。从东林寺到简寂观，这里曾是我国佛教净土的发源地和道教的洞天福地之一；从柴桑里到白鹿洞书院，这里又一度是我国文化教育和宋明理学的中心。王羲之、陶渊明、谢灵运、李白、王安石、苏轼、陆游、文天祥、朱熹以及近代的黄宗羲、康有为等，这些在我国文化发展史上引人注目的名字，都与庐山发生过联系。这些人物与事件都为这座名山声名远播增添异彩。更具典型性的就是泰山，它雄踞齐鲁平原，虽有"会当凌绝顶，一览众山小"之誉，但实际上并不很高。它所以名贯中西，实在是因为它是一座历史名山。从秦始皇登岱遇雨，封挡雨之松树为"五大夫"以后，仕宦商儒不绝于路，见石说石，见树说树，刻石属文，并演绎出许多故事，使这座非奇非伟之山更加让人仰慕。有时并非风景奇异之地，有名人光顾，并建了一个有名的建筑，并有名人为之题诗作赋，亦可成为名胜。譬如，武汉长江边上有龟蛇二山，山小实如土堆，但因龟山上建有千古名楼黄鹤楼，更因大唐诗人崔颢写下了"昔人已乘黄鹤去，此地空余黄鹤楼。黄鹤一去不复返，白云千载空悠悠"的名句，便山因楼美，楼为诗传，直到今日仍为胜地。还有湖南岳阳，只因范仲淹写了《岳阳楼记》，并在文中写下了"先天下之忧而忧，后天下之乐而乐"的千古名言，而地因楼而名，楼因文而千古不枯。还有江西南昌，只因有一座滕王阁，有王勃一篇《滕王阁序》便声名远播。可见文化对于山水是何等重要。

我在前面说了这些，绝非为了卖弄，亦不想让净月潭的建设者们把净月潭建成一个仿古名胜。风景名胜贵在新奇，人文景观更需特色。人家建庙你也建庙，人家建楼你也建楼，你便是仿效者，便是复制品，处处皆可见到，何必非来看你？我只想说明一个道理，那就是要在这片城中山水上多建一些具有北方特色，特别是长春特色的现代文化建筑，使之与现代化国际性城市，与北方森林城市，与北方冰雪城市，与我们的时代相匹配相协调。古不古、今不今，不伦不类；土不土、洋不洋，不如没有。我们这里既然已被定为国家级森林公园，那就应该在开发上多做文章。要搞北方旅游，搞现代旅游。要尊重历史，要尊重现实。这里本没有传统故事，不需要编。这里既然属于现代人工山水，何不再创辉煌。如果我们能把冰雪、游乐、避暑以及动、植物观赏等项目开发出来，把与山水配套的周边环境治理好，把水、电、气、路搞上去，何愁无人光顾。据说明年年初要在这里举办"九冬会"，这正是一个使之名扬天下的大好时机。如果我们全市人民齐心协力，借此筹备之机大家都能献智谋以定蓝图，引外资以兴建筑，借会议以做宣传，我相信净月潭也会四海扬名。届时，它不仅是我们长春百姓度假消暑游乐的地方，亦可能成为东北乃至全国的旅游胜地。